小川国夫

山本恵一郎

静新新書
034

目次

小川国夫を読みつづける理由

小川文学にはいくつかの傾向の異なる作品があるが、特別その傾向を意識することも区別することもなく、片っ端から読んで、読めばいつも新鮮な驚きを覚えるといえば、これまで小川文学にあまり親しむ機会のなかった人からは、どんなところにという問いが帰ってくるかもしれない。

文学に限らずどんなものでも、そのもののここが面白いというところを見つけてしまった者には、それはいわば麻薬のようなもので、そういうことで言えば、私は相当早い時期から小川文学の中毒患者ということになる。『ハシッシ・ギャング』や短編連作として発表される過程で主人公の名をとり、鑑平ものとして親しまれた「弱い神」シリーズなどの晩年の作でも、『アポロンの島』などの初期作品群が私を打ちのめし虜にしたのと同じように、期待するものはきちんと与えられ、それを受け取った私はいつも満足してきた。その満足がおよそ四〇年間一作毎にあったということに今更のように気づいたのは割合最近のことだが、気づくと同時にその一作毎にというところに改めて感じ入ってまた衝撃を受けた。

なぜこうも常に新鮮で瑞々しい作品を生み出す精神力を保ち続けることが出来るのか。そんなことを考えていて、ふっと岡山にいた二五歳の丹羽正が、パリの小川に送った手紙（一九五四・六・一〇）のことを思い出した。

人生に春夏秋冬がある、ということも事実だろうが、秋、或いは、冬であるべき晩年に、青春、或いは、夏を保つこと、若さを喪わないこと、そういうところに人間的な成熟がある、と思うのだが。

ゲーテが、晩年に、異様な若さを保っていたことを知っているだろう。このような若さは、精神的に支えられている若さだ。青春期では、精神は往々醜悪なものになる。ぎこちなく、空転し、見ても不快な形であらわれることがある。それだけ、精神や観念の力は強烈なので、未熟な青年には、扱いかねるわけだ。しかし、それを支配しえた人間だけが、本当に成熟したといえる…。

丹羽が生前、藤枝文学舎を育てる会の総会で講演して、小川はゲーテになったと話したとき、丹羽の話は時々ぽんと飛ぶことがあるのでそう思って注意して聞くのだが、それでも判りにくいところがあって、この時にも精神について言っていることがすぐには判らなかったのだが、丹羽はあの時、この二五歳のときの手紙が頭にあったのだということが、講演を聞いてだいぶしてから思い当たって、それが載っている小川との往復書簡に当たったりした。

私は一昨年、藤枝市生涯学習センターで、『アポロンの島』に収録されている二二の短篇について、一年間毎月、一回一、二篇ずつ、どのように読んでいるかを話した。その時うっかり口を滑らせて、こんなことはちょっとふざけているようで言わない方がよかったと思っているが、小川作品のなかの言葉による絵画に魅せられて、そういう絵画的暗示の部分を抜粋し、勝手に自分なりの小川美術館、言葉による絵画作品集なるものを作って楽しんでいたという話をした。すると質問があって、例えばどういう部分かというので一、二例を示したりしたが、簡単にいえば名作映画の一場面のようなところで、一度読んだら決して忘れることのできない、そして折にふれ目に浮かんでくる、そういうところだというようなことを言った。

私の場合、小川文学の最大の魅力はそういうところにあると思っている。

では、そういう小川文学における魅惑の絵画はどのようにして生み出されたのだろう。

それはまず志賀直哉や正岡子規などの描写力、暗示力を学ぶことに始まり、その基礎をもって、そこに絵画や映画の言語を加え生み出されていった、というのが私の見方である。

小川は幾つかの表現作法、描写力、暗示力に関わる衝撃的な体験をしている。その最大のものは南仏エクス・アン・プロバンスで、セザンヌの絵そのものという自然の風景に出会ったことだろう。

私は会社勤めで宣伝を担当していた頃、広告代理店の制作担当者と幾本かコマーシャルフィルムを作ったが、あれは最初、絵コンテから始まる。大切なのはコンテ＝continuity である。核心は連続性にあって、しかもコマーシャルフィルムは名作映画の一場面のように、折にふれ人の脳裏によみがえる場面としての静止がなければならない。フィルムは連続性を言語の基礎にしている。連続性の性質は、動いていて、しかも静止しているところにある。小川文学の描写の特徴はそういうところにあると私は思っている。場面の流れのなかにシャッターが切られるような一瞬があって、印象は一層美しく際立つのである。

「オディル」の鷹の舞いの場面では、二度シャッターが切られる静止があり、その後に、遥かな視界でもう一度静止があるというふうに描かれている。

〈鷹は翼をひろげ、悠然と舞いたちました。急流のように高度を下げながら、すぐそばを掠めて行き、私たちはその腹を見てから、背を見たのです。鷹は谷を伝わって行き、小さくなって凧のように静止したと思ったら、また降下して風景にまぎれてしまいました〉（傍点

＝筆者）

視界から消えた鷹は二度と現れない。しかし、私の目からは消えることなく、いつまでも鮮烈な印象で残るのである。そして、こういう美しい風景の視界は、私を普段の憂鬱から解き放ってくれる。

感動をともなう一瞬は、永遠として記憶される。小川文学を読みつづける理由は、その永遠に体験的に出合うことができるからである。

作品と背景

『虹よ消えるな』

昨年五月刊行された遺作随筆集『虹よ消えるな』には、小川国夫が死の前年、日本経済新聞に連載した二四の随筆を中心に、静岡新聞掲載の二篇を含む随筆三〇と、二篇の短篇小説「プロバンスの抗夫」「サント・マリー・ド・ラ・メール」が収録されている。全篇を統一するテーマは死である。身近な人たちの生と死を想いながら、晩年の己の余生を見つめている。

新聞連載は〇七年七月から一二月までの半年間だったから、死の直前まで書き続けられたものと言ってよいだろう。この時期の小川は、もはや死が念頭をはなれなかったことがわかる。講演でもこの頃には、ギリシャの哲学者エンペドクレスの信仰による死などを、若き日の芥川龍之介の蔵書への書き込みや、シュペルヴィエルの波に変身して大西洋を行く「ロートレアモンに」などを引き合いに出して、死して万物に変身し、永遠の生命を獲得する話などを繰り返ししていた。

随筆集の最初の作品「最初の登場人物」では、自分を溺愛してくれた祖母のことを書いている。ただそこで〈五六年九十歳で亡くなりました。私はその死に立ち会うことができませんでしたが〉と書かれているところは、小川の記憶違いで、祖母の死は五五年八月一日である。

この時、小川は七月初めから四〇日間のイタリア単車旅行に出かけていた。そしてこの旅行での憂鬱な気分を、後に『アポロンの島』収録の「重い疲れ」に書いている。この作品からは従来紀行文に不可欠だった固有名詞や抒情が省略されている。主人公の名前も地名も市名も聖堂名も書かれていない。

プロローグに〈その市はフェニキヤ人からカルタゴ人に、そしてローマ人の手に渡った。サラセン人の都会だったこともあった。ノルマンディーにも支配された。アルゴンもスペインもブルボンもここを領有した。戦争には苦しんだ市だ〉と書かれているだけである。

小川がここで書こうとしているのは、苛酷で孤独な単車旅行者の疲れと憂鬱である。イタリアを南下しシシリー島へ渡った小川は、アグリジェントからパレルモへ向かうが行きつけず、チェファルーの海岸で夜になってしまう。この旅行中に祖母が亡くなり、加えて、母が三度目の癌宣告（「癌を飼う」）を受けるのである。これらの連絡は姉幸子からの手紙だったと言うから、知ったのは旅行後かもしれない。小川は一旦は帰国するつもりになるが、国夫が戻る必要はない、という母の言葉で留まることにしたのだった。

この本の最後におかれている「サント・マリー・ド・ラ・メール」では、南仏のこの地への単車旅行のことが書かれているが、そこでは固有名詞も抒情も省略さることなく書かれている。「重い疲れ」は五七年、「サント・マリー・ド・ラ・メール」は九八年の作品だから、この間三九年、省略に対する小川の考え方が大きく変わってきていたことがわかる。

省略について

一九六五年九月五日付朝日新聞「一冊の本」で、島尾敏雄が小川の『アポロンの島』を絶賛すると、翌年には『中央公論』等の商業雑誌から原稿の依頼がくるようになり、作品は広く一般の読者の目にも触れるようになった。

この頃、ジャーナリズムや一部の読者の間ではしきりに、小川文学には物語性が乏しく、省略が多いので難解であるというようなことがささやかれていた。従来型の物語性の強い作品になれて、小説とはそういうものだと思っていた人には違和感があったかもしれない。

本多秋五は〈「あれはトルソだよ」といったことがある。藤枝静男も覚えているだろう。そのころのものはみんな断片だった。あるいは断片の感じだった〉と「『近代文學』との関係」に書いている。トルソとは首や腕のない胴体だけの彫刻のことで原意は幹である。

初期作品のこうした傾向は、作品に滞欧中の単車旅行の気分がなだれ込み冗長になってしまった部分を、推敲時とってしまったという事情によっている。方法として参考にしたのはヘミングウエイの『われらの時代に』における省略法だった。当時、短篇小説の範疇からはずして散文詩として読んだ人もあった、と小川は話していた。

立原正秋は六三年一二月一三日の手紙で、小川が『近代文學』に発表した「鞭打苦行者」にふれて、〈カフカの「断食芸人」を思わせるところがあるが、しかし「断食芸人」の肉づけが「鞭打苦行者」にはない。これだけの材料を骨組みだけで示すのは惜しい気がします〉と書いている。そしてその後会った時に、立原は「無駄を書き込むのが小説ではないのか」と言っていた、と小川は話していた。しかし小川は立原が考える方向へはむかわなかった。

小川から立原へ送られた手紙にはこういうものもある。〈小川国夫は、芸術に精進したく、それを他のものですり代えるのはごめんだ。だが生活の資を創作から得るのは不可能だから、周囲と表面的妥協を試みて、そこから得る。作品は素人的、独自なもの〉。そしてこうも書いている。〈島尾敏雄氏のように、人生の厖大な無駄・瑣事迷路を、筆一本で芸術に化するような場所へ自分を置くことをためらうのです〉。

同じくトルソのような、省略をきかせた小川の〈浩もの〉の短篇をまえにして、正面から質問を投げかけたのは吉本隆明である。小川はこう答えている。〈キリスト教的体験のようなものは、私が浩ものを書く場合、とくに省略している〉〈暗くまといついてくるものをやはり省略していく〉〈人と会って、原罪とはなにか、人間性とはなにか、身分とはなにかということよりも、つきあいの一面に重きを置くんです〉と。

省略を念頭において小川作品を読んでいくと、文体が〈です。ます〉調に変化する八五年頃から、作品がより自然な情調へ解き放たれて行くこともわかってくる。

初期の小川の省略方法では、詩的な言語空間のひろがりが、読む者に小説としてではなく、散文詩として読ませたということは充分あり得ただろう。小川の初期作品を、例えば、井上靖の散文詩「猟銃」の横に置いて、彼の同名の小説「猟銃」を読んでみれば判るだろう。立原正秋が小川の初期作品を、「無駄を書き込むのが小説ではないのか」と言ったこともそれでよく判ってくる。しかし小川は小説を〈言葉による芸術〉と位置づけ、あくまでも詩的絵画的表現方法による作品にこだわりつづけて行く。それは外部からあれこれ言われたから直す、というような次元のものではない。作家の気質というものだろう。それが小説の概念を小川流に変えて行くということでもあった。

人物と抱き合う

『虹よ消えるな』の〈虹〉は何を意味しているのだろう。小川は二〇〇六年一二月刊行の随筆集『夕波帖』にこんなふうに書いている。〈小説の作者とは聴覚です。それから、視覚です。五感だとするのが正確かもしれませんが、しかし、五感も便宜的な分けかたですから、感覚の総括とでも言うほうがいいかもしれません。たがいに色層がにじみ合った虹のような束とでも……〉。

小説の作者とは…虹のような束、ようするに〈虹〉とは作家の感覚であり、命そのものだと言っているのである。〈虹よ消えるな〉、そう心で叫びつつ、祈りつつ、次第に細くなっていく生命の炎を意識しつつ、小川は最後まで文学の仕事から目をそらすことはなかった。

それでもやり残した仕事も多く、胸中無念だったろうと思われる。臨終の少し前まで、出版社の編集者と校正の確認をしていた。しかし、ここ数年をかけて短篇連作のかたちで発表してきた長篇小説『弱い神』については、体力の回復をまって手を入れたいと言っていたのに、かなわぬこととなってしまった。これについては多分、出版社が校定者を定めて刊行へ向けて動くことになるのだろう。

この『弱い神』という作品は、小説表現の極意ともいえる境地に到達した小川が、〈作者が風景描写をしたり、人物描写をする必要はない〉〈登場人物と抱き合って、彼が感じるままに我も感じるように〉なれば、登場人物の視野で登場人物の言葉が、風景描写をし人物描写をするだろう、という小説作法にもとづいて書いた新しい表現方法の作品である。完成していれば文学史上に楔を打ち込む作品となり得ていたのではなかろうか。

小川が未完のまま残した作品は他にもある。一九六二年五月から四回『青銅時代』に連載した「浸蝕」、七六年一〇月から六回『すばる』に連載した「ヨレハ記」、八一年一月から二〇回同誌に連載した「星の呼吸」等がそれである。これらも是非とも完成させたいと言っていた。更には自分を溺愛してくれた祖母のことを、長編随筆で書き残しておきたいとも。祖母のことでは判らないことも多かったようだが、祖母に寄り添い、耳を澄まし、祖母自身が語る祖母のことをそのまま書き残しておきたいのだと。

死者と抱き合い、その声に耳を傾ける…、すべては作家の自己暗示力と想像力にかかってくることであろうが。八〇年と一〇九日の生涯のすべてを文学にそそぎこんで、なおこのようにやりおおせない仕事の山が枕頭に積み上げられていた。

小川は本質的には短篇作家だったといえるかもしれない。吉本隆明との対談では〈僕には混在する視点はあるんですが、俯瞰する視点がないんです〉と言っている。そして短篇が得手だということでは〈僕の場合、短篇は最後の一行がきまればもう出来上がったようなものです〉とも言っていた。

祖母と母

遺作短編集『止島』に収録されている「止島」では、母まきが語った伝記的事実がほぼ忠実にたどられている。母の声を評伝のかたちで取りついだのは筆者である。

一九三二年九月、もうじき五歳という小川は、疫痢で一時重体になった。作品はその時のことを書いたものである。忙しい商家の嫁である母と、娘の頃、旅役者だったこともある伝法肌で、跡取り孫の小川を溺愛した祖母の関係は決してよいものではなかった。

まきは切々と語っていた。「子供が病気になると、お医者さんにやらせて戴きとうございます、と言って頼んで、お金を頂戴させていただきとうございます、とお願いするですよね。そうして行って来ると、幾らかかりましたから、と言っておつりをお返しして、お礼を申し上げるんです。昔の嫁と姑の関係というのは、多かれ少なかれこんなだったでしょうけどね。家族制度が今とはまったく違いますから」

「お彼岸の中日だったんですが、お祖母さんが国夫をつれてお寺へ行って、およばれして帰って来たんですね。国夫はその頃、お祖父さん、お祖母さんの部屋に寝ていたんです。夜明けにお祖母さんが、まき、おまえ熱が出てるよ、困るよ、と言って、起こしに来ましたので行って見ましたら、真っ青になって引きつけていたんです。それで私は、ゆうべ寝る前に何か食べさせたんでしょうか、と聞いてみたんです。バナナを一本やったよ、と言う返事でした」

小川は黒い幌の人力車に乗せられ避病院へ入院する。付き添いには若いお母さんが、と医者は言ったが、祖母は、国夫の病気はわしの責任だから、と言ってゆずらず、まきを押しのけて看護について行った。そして赤痢にかかって祖母も入院患者になってしまう。

このあたりの様子も「止島」に書かれているとおりである。ただ「止島」では、赤痢にかかった祖母が、次第に衰弱し五六歳で死んでしまう。しかし実際は治って五五年九〇歳で亡くなるのである。この祖母の死の頃、小川は単車でシシリー島のあたりを走っていた。

祖母は病床で小川が「止島」に書いているように、酒を飲み、六方を踏んで見せるが、そのあたりのことは弟の義次がこんなふうに話していた。「亡くなる日の朝、私がおばあさんのところへ行って、今から会社へ行ってくるよ、と言ったら、ガラスの吸い口の酒を、ちょっとおくれ、と言うんです。口のところへ持っていくと、それを吸って飲んでね、おまえ、六方を踏む、と言うことを知っているか、と言うんですよね。歌舞伎役者が舞台の上で足を踏んばって見得をきる、あれですよね。九〇歳のその日に死んだおばあさんが、それを知っているかと聞くわけです。それから、布団のなかで足を踏ん張って、こうやるんだ、と言って、ぐ、ぐ、とやって見せるんです。すごいおばあさんだな、と思いましたね」。

ベッセージュ

小川はソルボンヌ大学へ留学するとき、フランス郵船ラ・マルセエーズ号で横浜港をたち、マルセイユ港からフランスへ入って行った。港にはガール県ヴェルジェーズ村のアンドレ・ボンタンが出迎えていた。アンドレの弟ロジェー・ボンタンが当時、静岡教会の宣教師をしていて、小川は親しく交際していた。

ボンタン家は葡萄農家で、アンドレはヴェルジェーズ村の農業協同組合長でもあった。小川はボンタン家におよそ一週間滞在、船旅の疲れを癒してパリへ向かって行く。そしてパリに慣れると、感覚を全開して行動を開始するのである。当初の旅はもっぱら南仏で、移動は列車だった。ボンタン家のあるヴェルジェーズ村、セザンヌの街エクス、炭鉱の町ベッセージュ等々へ。

小川がフランス国内の土地を舞台に書いた小説は意外に少ない。パリで殺人事件をおこし単車で南仏からスペインへ、そして北アフリカへ逃れようとする中国人青年李の物語「リラの頃、カサブランカへ」、グルノーブルが舞台の「爽やかな辻」「舞踊団の思い出」、ヴェルジェーズ村が舞台の「オディル」、ベッセージュが舞台の「プロバンスの坑夫」、マグダラのマリアらが小舟で逃れてきたという伝説から〈海の聖マリアたち〉が地名となったアルルのサント・マリー・ド・ラ・メールが舞台の「サント・マリー・ド・ラ・メール」等いずれも短篇である。

「プロバンスの坑夫」の主人公房雄は、パリで親しくしていた北アフリカ人、アハマドをベッセージュに訪ねる。折悪しく赤ん坊が病気で、アハマドも細君も客人にかまってはいられない。

房雄は夕食に出たついでにホテルを予約し、夜更けに様子を見に戻ってくる。赤子はもう死んでいて、アハマドは赤子を看取った医者を壁に押しつけ罵っている。この舞台ベッセージュは小川にとって忘れることのできない町だった。

以下は一九五四年五月一五日付の丹羽正への手紙である。〈人間に心を開いているように、という君のぼくへの希望は貴重だ。丁度僕はその要求に内心から迫られているところだし、この言葉は僕の道しるべとなるだろう。

自然には相変らず心が開きすぎる程開いている。ことに復活祭の休暇に経験した南仏の風物は、深く心にきざみつけられた。死ぬまでなおらない傷のようだ。

それには恋愛が強く影響している。（略）これは僕が二六年目にただ一回知った恋で、将来も、もう恋はないだろう〉。

相手はアンドレ・ボンタン夫人の妹で、彼女は炭鉱の町ベッセージュの診療所に勤める女医だった。小川はこの時、パリからボンタン家に遊びに来ていて、そこからおよそ一〇〇キロのベッセージュへ、彼女に会いに来ていたのである。〈君は恐らくドーデーの「アルルの女」の中で少年が女に逢いたくて、街道をアルルへ向って歩いていく描写を思い出すだろう〉と手紙は続いている。

孤独の部屋

小川はいつ頃から作家を志すようになったのだろう。旧制静岡高等学校（現・静岡大）時代は毎日のようにカンバスを抱えて絵を描きに歩いていて、将来は画家になるものとばかり思っていた、と評伝の取材でお会いした人たちは話していた。色彩の芸術をとるか、言葉の芸術をとるか、熟慮した時期があったかもしれない。
〈私は苦悩を克服して見せる。（略）人生に希望を認める、光明を確信することは人間の義務だ。人生はこれまでのものだ、としているあさはかな虚無観が、いかに力弱きことか。（略）私は、私を地上に残して行きたい。全身の力を振るって、私というものをはき出して行きたい。それが出来るまでは、私は努力する。私は決してくじけない。力の限り生き抜くのだ〉（一九四七年二月一三日・二月のノート『評伝Ⅱ』）

一九歳になったばかりの青年らしい感懐であるが、画家か作家か、いずれにしても〈私を地上に残して行きたい〉という言葉の奥には、独自の表現をもってという言葉が隠されているように思われる。

一九五〇年、小川は東京大学国文科に入学し西鶴を専攻する。そして以下は五二年五月二六日付の丹羽正宛の手紙である。〈僕の西鶴研究は、僕の主観によれば、軌道へ乗ったようだ。西鶴研究書で一番専門的なもの一冊を見ているが、けっこう面白い。昨日までは索然たる気のしたこんなものも、専門としてコツコツ気楽にやってもいい気がしてきた。実は親仁が法政大学関係の有力者と話し、法政へ僕をうり込んだらしい。そうしたら、引きうけてくれて、大学が了えたら助手になれということだそうだ。なるとすれば西鶴をうりものにして、自分でもコツコツ研究をすすめればいいのだが〉。

これについて丹羽は『小川国夫の手紙』（丹羽正編）でこんなふうに書いている。〈この頃、小川が井原西鶴に打ち込んだのは、彼の内にある自然が、西鶴のリアリズムに共鳴したからであろう。現実を尊重するということが、彼の本質を形成しているからだ〉。

しかし小川は学者の道へは進まず、五三年六月二八日付の丹羽への手紙で初めてその胸中を明かすのである。〈ところで、僕が将来何をやるかと言えば、無論小説を書く〉。

この時期の小川は一方で、住まいに近い大森教会の青年部に所属し、ヴィンセンチオ・ア・パウロ会に従って、アメリカからの救難物資を戦災被災者にくばる活動に打ち込んでいた。

この活動が小川をしだいに精神的においつめて行ったらしい。日本を離れたい、という思いが膨れ上がる。そして私費留学生試験を受けソルボンヌ大学へ留学するのである。提出した研究テーマは「西鶴とモリエールの比較文学の研究」だった。

〈（横浜港から）船が出る時、帰ってきたら〝孤独の部屋〟が欲しいなんて言っていましたよ。文学をやるための部屋のことでしょう。そう言いましたっけね〉と父冨士太郎は話していた。

南仏の恵み

小川が一九五四年五月一五日、パリから丹羽正宛に出した手紙にはこんな一行があった。〈自然には相変らず心が開きすぎる程開いている〉。日本にいたときにはありえなかった変化である。

渡仏前のおよそ一年、大森教会の救世軍活動で疲れ果てた心身は、横浜港を出港した船上でしだいに癒されていく。そしてどこよりも南仏は恵みの土地だった。マルセイユからアンドレ・ボンタンの車でヴェルジエーズ村へむかう車窓には、セザンヌの絵そのままにエクス・アン・プロバンスの風景が広がっていた。

自然に対する感応はセザンヌのそれと呼応して寸分の違和感もないように思われる。同じ南仏を描いたゴッホのように観念や情念が風景を歪めることがないからだろう。

ヘミングウェイがリュクサンブール美術館へセザンヌの「エスタック」や「ポプラ並木」を観《み》に通い、あのように自然を描きたいと思ったように、セザンヌの絵や自然の風景、サント・ヴィクトワールやエスタックの入り江を有する南仏は、小川の感覚を全開させたのである。

この土地で小川は感覚表現への開眼という僥倖に出合う。以下は五六年二月一六日付けの小川から丹羽への手紙（『小川国夫全集』収録に際し一部修整）である。〈十一日、グルノーブルから南仏へ来た。カミュや、スタンダールの書物は、グルノーブルへおいてきた。南仏が、これらの書物より、僕をとらえる。この魅力は絶対なのだ。この前、僕の自然に対する情は、もはや、鑑賞的ではないことを書いた。小さな自然はこの上なく愛らしい。そして、所有したいと思う〉。

自然を単に自分の外にある物として見たり認識したりするのではなく、自然は自然のまま自分の物にしたいと言っている。こうした情感は当然後々の作品に反映されていく。小川文学の根底に息づく存在への愛は、ここにその発芽を見ることができる。

以下はスイスでの体験を丹羽に書き送った五四年九月一一日付けの手紙である。〈スイス国境に近い県の或る村へ泊った時、（略）人が自動車で、この村から山を一つこえた近くの町のスイス行きのバス発着所まで送ってくれた。山道に霧がたちこめていた。その中を行くと自分が魚になった感じがする。というのは、足元が自由になった感じなのだ。考えてみれば、子供の頃、土地からはなれて宙に浮きたいといつも思っていた。それが自動車と、平らな道と、それから特に霧で実現された。魚のように水の中に、或いは孫悟空のように雲の中にいたいという一種の原始感情、その名残が霧の中でよみがえった〉。自然のなかに解き放たれていく感覚の体験である。

このときの体験は、後に「スイスにて」（『アポロンの島』収録）という短篇に描かれ残されている。スイスの雄大な自然のなかで、すべての登場人物が他者を思いやる心によってゆったりと結ばれた美しい作品である。

単車事故

小川はグルノーブルを拠点に長途の単車旅行を三度やっている。一九五四年九月にスペイン・北アフリカへ、五五年七月にイタリアへ、同年九月にギリシャへ。この間四度、単車事故をおこしている。購入したばかりの単車で鳥が舞い立つように出発したのだから、操縦がまだ未熟だったかもしれない。

五四年七月、ソルボンヌ大学が夏期休暇に入ると、小川はグルノーブル大学の外国人学生向け夏期講座に参加する。この時はパリからグルノーブルまで急行列車で六時間かけて行くが、講座が終わり一旦パリへもどると、グルノーブル大学へ転校の手続きをとる。グルノーブルが気に入ったのである。自然も旅行の出発地としても。そして柳宗玄から中古の Vespa

250ccを購入、それにまたがってグルノーブルへの五五〇キロを一気に突っ走って行く。

　最初の事故は翌八月、グルノーブル郊外の坂道を登っていて、カーブでハンドル操作に気をとられアクセルを全開してしまい、通りがかった人を跳ね飛ばして石垣へ激突した。二度目は五五年三月、パリのシャロン・シュール・ソーヌの近くを走っていて、こぼれて雨にたたかれていた重油に滑って転倒、頭を打ってしばらく動くことができなかった。

　三度目は五五年七月のイタリア行のときである。南イタリアのクワトロミグリオの近くで闇の中へ走り込んでしまう。〈宙に浮いた時、助からない、と私は感じた。しかし、（略）そこは三メートルほどの崖で、下は平らな草地だった。重い車が先に落ち、それから自分が投げ出された。／嘘のような開放感がやって来た。（略）蛍が草から舞い上がってゆるやかに上下していた〉（「地中海岸の夜」）。そしてそこを下って、シシリー島へ渡ろうと西海岸をたどっていたとき、こんどは対向車をよけすぎて岩に車体をこすってモーターのファンを飛ばしてしまう。

　こうした事故について、小川は手紙や随筆に書いているが、最初の事故のことは随筆にも書き「エリコへ下る道」という短篇にも仕立てている。〈折悪しく通りかかった北アフリカ人に怪我をさせたが、私は私で、右足のくるぶしが裂けて、血が止まらなかった。体の筋々が痛んで、自分でもうまく手当てができなかった。その時、負傷した北アフリカ人が這うようにしてそばへ来て、自分のシャツをぬいで、私の足をしばってくれた。今私は、あの時の繃帯の感触を思い出す。あれは何だったのか。粗末なシャツだったということは、いわば、その仮の姿だったような気がする。名前のつけようがない、一回限りの、優しい物であった〉（随筆「贈物」）。

短篇「エリコへ下る道」はこの体験に、新約聖書ルカ伝の〈己のごとく汝の隣を愛すべし〉を重ねて、宗教は心の中で作り考えること（＝観念）ではなく、行為として、具体的な行動（＝感覚）が伴うものでなければならないことを示唆する作品として描いている。

のたくる蛸

小川国夫書誌を作成していた高柳克也の葬儀の時、筆者は小川と静岡駅で待ち合わせ、自家用のぼろ車の助手席に乗ってもらって出かけた。約束の時間に遅れてきたのでひと電車乗り遅れたのだろうと思っていたら、駅の階段で足を踏み外して転倒、腰を打って痛みをこらえていたらしい。あるいはそれが事の前兆だったかもしれない。

海岸沿いの道路へでると快晴の海は手が染まりそうに青く、小川はギリシャの海はこんなですよなどとすぐに話題を変えて、若い日のかの地の旅のことなどを話しながら行った。葬儀が終わって静岡へ戻り、数人で小川行きつけの居酒屋で精進落としの酒を飲んだ。小川は店の奥の狭いところにはまり込むように陣取り、一升瓶のどぶろくを抱え込むようにして飲んでいた。

午前三時半、その店を出て、タクシーで焼津の居酒屋へ行き、そこでまた暫く飲んで、藤枝の自宅前にたどりついたのが午前五時だったという。〈タクシーからおりた私は、そのまま坐ってしまい、立つことができませんでした。アスファルトと格闘する蛸のおもむきでした。目の前に自家を見ながらのたくるばかりでした〉（「高柳克也さんの死と私の骨折」）。

そして左大腿骨頸部骨折で四五日間入院する。退院後におこなった講演では、枕はきまって骨折の話で〈アスファルトと蛸のように格闘した〉とユーモラスに話した。この小川が〈蛸のように〉というときの蛸は、ギリシャのナフプリオンの蛸である。

五〇年前、小川はナフプリオンの広場で漁師の網にかかった蛸を見ていて、それを『アポロンの島』収録の「ナフプリオン」に描いている。〈殆どあったままの話である。意を用いたのは、矢張り経験を書き出すことが出来るか、ということだった〉と「自分の作品について」に書いてもいる。

小川がナフプリオンへ行ったのは一九五五年一〇月、雨季のさなかだった。バスでデルフィからパトライへ出る間の道路はところによって川のようだったという。そして朝、ホテルの部屋の窓を開けると、人影の少ない町と牛乳のような空と海が見えた。小川はホテルを出て、せまい敷石道を広場へ下りていった。漁師が置き網を上げていた。網には魚やエビにまじって、かなり大きい蛸が入っていた。

漁師は持っていたコウモリ傘で蛸を遠くにはねて、まず敷石の上にはねている魚を拾った。小川は、ヨーロッパでは蛸は食べないと聞いたことがあったので、漁師が置いていったら拾おうと思い、漁師と蛸の動きに注目していた。しかし、このあたりでは残念なことに蛸はよく食べるのだそうである。やがて漁師は小魚を拾い終わると蛸をたたきつけて殺し、ビクにのせて去っていった。

その時のナフプリオンの蛸のあがきが、わが身の災難に重なって苦く思い出され、〈蛸のように〉という自嘲的な表現になったのである。

スペインの魔風

小川がスペイン、北アフリカをめぐる四〇日間の単車旅行に出発したのは一九五四年九月である。この年の七月、パリで柳宗玄から中古のVespa 250ccを購入、直後にそれまで在籍していたソルボンヌ大学からグルノーブル大学に移籍したので、出発はグルノーブルの下宿からだった。日本円にして三万円ほどを腹に巻いて行ったという。

〈この国（スペイン）の空気には私を酔わせて前後不覚にする甘味があった〉と小川は『遊子随想』（初出・静岡新聞連載）に書いている。

スパニッシュ・ギターの名手柴崎茂もその空気に酔った一人である。少年時代スペインでのギター修業を思い立ち、密航を企て外国航路の貨物船にもぐりこむ。しかし船は欧州へはむかわず、しかも空腹に耐えかね潜んでいた船倉から這い出したところを見つかり、強制送還されるというほろ苦い夢と冒険物語の持ち主である。

柴崎はその後、正規のルートでスペインへ留学する。しかし、彼の気質はアカデミックな音楽学校で古典を学ぶことには適していなかったらしい。学校に見切りをつけ、物を売りながらスペイン全土を旅するジプシー一家の一員になって三年間放浪の旅をするのである。

行く先々で客集めのためにギターをかき鳴らす。このギターは普段からギターになれ親しんでいるスペイン諸方の土地の人々の耳目を集めるために、家ごとに流儀が異なり、しかも遠くまで聞こえるように激しく大きな音を響かせなければならない。土俗的な激しいギターである。

小川はこの柴崎のギターが好きだった。後年、静岡で出会った二人は、互いに相手の魔風へのとりつかれぶりを感じ合い、振り返って過ぎ去った青春に思いをはせるふうだった。

小川はバルセロナの路地の奥の酒場で、フラメンコの四人組、ギター二人と踊り子二人を、一晩買いきって酔いしれる。そして明け方三千円を支払い、ひと眠りして劇場へフラメンコを見に行き、帰りにはまた酒場へ行って来合わせた四人組を買いきって再び朝まで騒ぐのである。そして二千円を支払う。ホテルの宿泊代が食事つきで三百円だったというから豪勢な遊びだった。当時五千円あれば日本の普通の家庭でほぼ一ヶ月は生活できたという。

柴崎は小川の『アポロンの島』を読んで感動し、ギター曲「『アポロンの島』より」を作曲する。そして小川に披露した。小川は絃上を踊る柴崎の指先を食い入るように見つめていた。その目の奥には遠い昔のバルセロナの酒場でのフラメンコや、単車からの視界を流れ去るかの地の風景が懐かしく見えていたに違いない。

小川が亡くなり、五月、偲ぶ会が催されたが、柴崎はその会場でこの曲を演奏した。作家とギタリストの思いのこもったスペインの魔風を感じさせる一三分間の曲である。

日本脱出

手元に、銀灰色の地に白抜きの唐草模様をあしらった大判の風呂敷がある。評伝の取材で訪問した時、小川の母まきから頂いたものである。唐草模様の中には〈フランス留学　帰朝記念　小川国夫　昭和31年7月〉と書かれている。二年八ヶ月の留学から帰った時、無事の帰朝を祝してお世話になった方々に配ったものだと聞いた。

「出発の時、あちこちからお祝いを頂いたり〈祝・小川国夫君フランス留学〉などと書いた大きな幟を立てて見送ってもらったりしたんです」と。当時の藤枝の人々の様子や留学に対する思いなど、想像するだけでも心温まるものを感じる。

後年小川は「なにか必然性があってフランスへ行ったのですか」と聞かれ、言葉に窮し「漠然と脱出の観念にとらわれて」としか答えられなかったと言っていたが、『作品集・後記』にはこんなふうに書かれている。

〈私はフランスへ行こうと思った。唐突な決心だけれど、印象派の画家に対するあこがれ、フランス人司祭との交際で得たものが、思い着きの培養池になっていたことは間違いない。つけ加えるなら、往時私は人並みにサルトル、カミュも愛読していたが、その影響も考えられなくはない。しかし、更にこうした培養池の元にあったのは、高校期以後五年以上にわたった、少なくも自分には異常としか思えない暗さであった。この時点に来てもうどうしようもなくなったという、素朴で直情的な認識が、私を動かしたといえる〉

「フランス人神父に惑わされたな、と思いましたね」とは弟の義次。

「私、うまく騙されたんです。卒業してから行きなさいって言ったんですよ。そうしたら良い卒業論文を書かなければ良いところへ就職できない。良い論文を書くためにフランスへやってくれって言うですよね」とまき。

「大学へ聞きに行ったら、一三六単位中、一三四単位とっている、あと二単位だからとってから行ったらとそう言っていましたよ。それで卒業してからでもいいだろうと言ったんですがね。行ってしまったんですよ」と言うのは父冨士太郎である。

小川自身が思いつきでと言っているくらいだから、周囲の人たちにはまったく唐突な感じだったのだろう。

大森教会での戦災被災者救援活動によって、小川が精神的に追い詰められて行ったことはすでに書いたが、そこへ至るまでの旧制高校時代からの〈自分には異常としか思えない暗さ〉が日本脱出を決意させたというのは真実だろう。しかし、この日本での暗い一時期があったからこそ、明るい南フランスで感覚表現に開眼するという僥倖にも出合えたのだと思う。

フランス郵船ラ・マルセエーズ号の船客となった思いを、小川は「旅とは」にこう記している。〈これから訪れる外国に対する予備知識もとぼしく、未知の中へ否応なく運ばれて行く思いでした。船のたゆみない動きがそんな感じでした〉。

単車旅行から

小川はフランス留学から帰ると、大森に書斎、孤独の部屋（小川自身そう呼んでいた）を建ててもらい、そこで書き始める。およそ三ヶ月間で「香港」「カサブランカへ」「ファンタジア」の中篇三篇を書き上げ、『青銅時代』同人の金子博と丹羽正に見せた。

金子はこれを長文の手紙でほめながらも〈作者の場所が明瞭でない〉との感想を述べ、丹羽は〈君自身のことを書きたまえ。僕は君が自分のことだけしか書けないと思っていた〉と忠告する。

〈私はその時、志賀直哉を出発点にすることは正しいことだと思った。私は、理由のないことだが、注文をつけられて書いているような錯覚を持っていた。そして注文ということはあり得ようがない、と思った〉と小川は私家版『アポロンの島』後記に書いている。

小川は「ファンタジア」に未練があった。そしてこの作品をなんとか救いたいと考え、物語の後日談として「アポロンの島」を書き丹羽、金子らに見せる。しかしこれも、もう一歩という感想だった。当時岡山にいた丹羽は郵送された原稿を見て〈欠点は出て来る人が多過ぎた点、構成が弱い点、しかしいいものであることは争えない〉と返信している。〈私は前から丹羽君にすすめられていたヘミングウェイの若い頃の短篇を手にとって見た。そして、このように過去を意識し直し、自分の文学の世界をたゆみなく作って行こう、と思った〉(同後記)

結局「アポロンの島」は紀行的な部分だけを生かした短篇として発表されるのである。この作品は一九五五年九月のギリシャ旅行でミコノス島へ渡ったときのことを書いたものだが、このように小川の初期作品は地中海沿岸を単車で旅行したときのものが多い。

しかしそれらはどの作品も旅立ちから帰着までを時間に忠実なドラマとして描くというようなものではなく、ヘミングウェイが『われらの時代』でやったような、生きて在ることを実感するある瞬間に焦点を当て、そこで人間性を見極めようとする方法で書かれているために、主人公は同じでもそれぞれの作品に流れる時間につながりはなく、独立した時間の中に封じ込められている。だから紀行でありながら紀行として読もうとすると、連続性の期待は裏切られ戸惑うことにもなる。

「貝の声」は南フランスのサン・ラファエルのバーで人違いされる話で、ヘミングウェイの「殺人者」を思わせる緊張感を漂わせた作品だが、その場に至る経緯は一切書かれていない。異国でならず者にじわじわと詰め寄られる青年の緊張感と恐怖感、誤解が解けた瞬間の安堵感が短い会話と乾いた描写で描かれているだけである。

単車旅行という移動手段もあいまって生み出された作品と言えるかもしれない。主人公の関心は遺跡にあり、遺跡から遺跡への途上は余情を捨てひたすら走り続けるという旅の形態が遠因となって……。

作家への決意

渡仏前の小川が、作家を志す決意を告げていたのは、前述のとおり旧制静岡高校時代からの友人丹羽正だけである。

一九五六年七月七日、小川はフランス郵船カンボジャ号で帰国する。小川家の人々は誰も、旅の疲れが取れたら小川は休学していた東京大学に復学して、卒業後は一流企業に就職するものと思っていた。

藤枝の家に落ち着いて数日の後、船旅の疲れを癒していた小川は、母まきからすぐに東京大学に復学の手続きをとるようにと言われる。留学中はまきか冨士太郎が大学から通知が来るたびに授業料を納めに上京していた。小川は母の促しを拒絶する。

「兎に角、もう少しだからちゃんと卒業して、と言ったですけど、いいだよ、と言って取り合わないですよね。それで国夫は大森へ行って、そこで小説を書き始めたんです」

そういうところへ大学から、旧制の最後だからすぐに復学しなければ除籍する、という通知書が届くのである。両親と姉幸子、義兄金澤謙の四人は、大森の孤独の部屋で小川を説得しようと向かい合う。復学と言っても、届けを出して後は卒業論文を出せばよいのである。

「国夫さん、皆が心配しているんだから、論文を出して卒業しちゃいなさいよ」と謙は言った。両親と向き合っていた小川が鋭い目を謙に向けた。「僕は作家として立つんだから、卒業証書なんかいらないじゃないか。それでも卒業しろというのは、謙さんは僕が作家として立てないと思っているからじゃないのか」

小川はそう言うとその場で復学届けを破ってしまった。以下は、小川がこの後、藤枝へ戻ったまきにあてた手紙の一節である。

〈お母さんがあまり心配しますから、お母さんにだけ言います。決して心配して、僕の意気込みをくじくようなことはしないで下さい。東大の論文なんか、僕がつまらないと思っている人々を研究して書くので、今更そんなことをして見たところで、意味はありません。僕はヨーロッパでも人一倍努力して、いろいろな国の辺境まで行って、その地方の美しさや人々の考え方など、実地に調べて来ました。こんな広い経験は日本人でも数える程しか持っていないと思います。それは決して楽なことではなく、今落ち着いてみると、よく体が持ったと不思議に思います。そういう経験を書き上げようと骨を折っているのに、雑音を入れられてなかなか進まないのです。こういう仕事は自由なフンイキで一人ボッチにならなければできないのです。お母さんは僕がつまらない学校の先生になって、月末に少しばかり給金をもらって来るようになることを望むのですか。たとえお母さんがそれを望んでも、僕には一遍きりの人生ですからそういうことはしません〉（『若き小川国夫』）

一方、小川の帰国を待ちわびていた丹羽正は、『青銅時代』創刊にむけて着々と準備をすすめていた。

境越え

『遊子随想』に〈計画よりも自然な感じに惹かれ、一歩一歩に発意がないと気が済まないのが私の旅だ〉という一節がある。一読、読点を境に前後矛盾するような文章である。

〈計画よりも自然な感じに惹かれ〉と言えば、計画に気分が先行するということでむしろ自然である。しかし直後に〈一歩一歩に発意がないと気が済まないのが私の旅だ〉とくると、発意とは思い起こすこと、考え起こすことで、プランニングを意味する言葉だから前後を合わせると戸惑いが生ずる。

計画はあるが知的に突き詰めてではなく、情調が先行するが計画はある、というようなことであろうかとも思うが、これは問題提起の内にとどめて置くことにして、いま考えてみたいのは小川の作家への道程もまた、右のような〈旅〉の在りようになぞらえることができるのでは、ということである。

こうして〈旅〉へ踏み出す。そしてその〈旅〉の途中に、人間性があらわになる境越えが用意されているのが小川の小説の特徴でもある。前章「作家への決意」は作家として立とうとする小川が、母まきに文学至上主義を生きる宣言をする境越えだった、と言ってよいだろう。もう引き返すことは出来ない。直前とは異なる精神が形成されるのである。

スペイン・北アフリカへの単車旅行で言えば、クエンカ山塊の崖の上でそれは果たされたと思われる。小川はバレアレス群島の島々を見てバレンシアの港に戻ると、再び単車でマドリッドを目指した。

〈クエンカ山塊の果てるあたりに崖があり、広い範囲が夕陽を浴びていた。私の行く街道にほど近い断崖には、まるで地形の一部のように、朽ちかけた古い塔がそそり立っていた。見れば鳶がまつわって舞っている。（略）私は、長い間動こうとはしないで、断崖と塔と鳶が夕闇に沈んでしまうまで見ていた。明日は、マドリッドが姿を現す。それから、セビリヤやグラナダやコルドバが……。遂にはアフリカが……。どんなやり繰りをしてもアフリカへ行き着こう〉

そしてこう詠うのである。〈ぼくは行く手の不安を忘れようとしながら／靴紐をさしかえている／行ってみればいい、アフリカまで／まるで逃れの町を探しているようだな／塔よ、ぼくの肉体は早く土にもどる／君の残像が五年ぼくの目の中に住んでいたら／臨終の時にも住んでいるに違いないから／もうぼくがここへ来なくても、今日のように／その日も君は永遠へ行く旅人を見送るだろう〉。

「海鵜」は、浩少年が、畏敬の念を抱いていた年長の和一に自分と変わらない弱さを見て、心のなかで境越えをし、成長する話である。「試みの岸」の十吉、「黒馬に新しい日を」の余一、「静南村」の佐枝子等もまた平凡な日々が境越えによって一変し運命に翻弄される。

また、境を越えず、まさにその境が葛藤の舞台となる『遠つ海の物語』や「アナザギャング」のような作品もある。

志賀直哉Ⅰ

「旅の痕跡」は『生のさ中に』に収録されている原稿用紙三枚に満たない掌編小説である。〈浩は、わがまま勤めをしている事業所からの帰途を、くわえ煙草をしたまま歩くことにしている。（略）歩いていて、目の前のものは、なにか仮の形かも知れない、と思うことがある。十年ほど前、彼には馬鹿げて克明な、とりとめない一人旅に明け暮れした一時期があったが、その時も同じような気持をもった。しかしその時の彼は、文字通り、はるばると来つるものかな、というわけだった。つまり、生れた土地を基点として、そういう感じを持ったのだ。ところが生れた土地へ戻ってきて住みついても、彼からはかつて感じたことの痕跡が消えない。彼はいながらに、旅の惑乱を感じている〉

小説は存在の違和感を書いている。しかし、小川は小説らしい結構をつけるためにこう書いたわけではないだろう。浩の異邦人のような漂泊感覚は、偽りない小川自身の体験から生じた感覚なのである。

小川は自分の内面を精察して人間性を探求する作家である。自伝的長編『悲しみの港』には以下のような一節がある。

〈僕はなぜ孤絶にあこがれるのか、自閉の殻はなぜ在るのか、自分の中の奥地へ冒険を試みるために、だ。その途次でのみ、借りものでない独特な言葉が必要になってくる。僕にとって伊吹綱夫や樋口聡や藁科亮吉でさえ、なしで済ませることができるとすれば、そのほうが好ましい〉

小説のなかで伊吹らは親友である。その彼らですら〈なしで済ませることができるとすれば、そのほうが好ましい〉と言う。身近な世間といえども、孤絶によってのみ可能となる文学をやろうとする者には妨げになると言うのである。

苦節時代の主人公及川晃一の内面を描いた部分だが、これが小川自身の内面であったことは、丹羽正への赤インクの手紙などではっきりしている。

こうした異郷でもまた故郷にあっても、一様に深まる孤立感、違和感はどこからくるのだろう。生来のものと言ってしまえるものか。それとも何か衝撃的な挫折体験があってのことなのか。小川文学における根源的な謎はここにあると言ってよいだろう。そしてそれはまた文学にはかり知れない深みを与えてもいる。このような人間性の探求を自身に課そうとする作家志望者は、その文学の方法にどんな手本を求めることになるのだろう。

小川が私家版『アポロンの島』後記に〈志賀直哉を出発点とする〉と書いていることは先に述べたとおりである。その志賀直哉の強烈な個我をウルトラ・エゴティストと呼んだのは小林秀雄だが、志賀直哉を出発点にすると決意した時の小川の意図には〈自分の奥地へ冒険を試みるために〉〈独特な言葉が必要になってくる〉という認識と同時に、このエゴティストの文学こそ自分の文学の礎石とすべきものとして映ったに違いない。

志賀直哉Ⅱ

小川は旧制静岡高校時代、駿府城跡にあった図書館葵文庫に通って『志賀直哉全集』を読んでいる。小説の習作を試みる直前である。全集を読もうと思ったきっかけは志賀の短篇「焚火」を教科書で知り、描写の美しさに魅了されてのことだった。

この作品に筋らしい筋はない。芥川龍之介は「焚火」をもっとも純粋な小説の例としてあげている。小川はその純粋な小説「焚火」から志賀文学へ入って行った。これは小川文学を理解するうえで見逃すことの出来ない一点であろう。処女作品集私家版『アポロンの島』後記で小川は〈志賀文学を出発点とする〉と宣言するが、志賀文学における私小説的人間観、『和解』や『暗夜行路』におけるそれのような、家族へ向けられる人間観は好きではなかった。というより、意識的に避けたのだろうと私は思っている。

このことは前出の「省略について」の章で、吉本隆明の質問に答えて〈暗くまといついてくるものはやはり省略していく〉と言っていることと関係してくると私は思っている。小川自身が、半自伝的短篇と呼んでいた形成期を書いた初期作品の奥に、書かれなかった重大な問題が省略されていると思えるからである。

浜松の小松から小川家に嫁した母まきは、東海道の街道に沿った藤枝は開かれた街だと思っていたが、来てみると根深い因習や排他的な偏見に苦しめられた（『評伝Ⅰ』）と語っていた。小川家が藤枝に住むようになるのは祖父の代からである。祖父覚平は愛知県渥美郡赤羽根村、祖母よしは遠州森町森の出身である。二人は藤枝へ来て、鋼材、肥料、毛布、製紙用古紙などをあつかう商店を創設する。土地の人に言わせれば、所謂、よそ者である。小川も幼い頃から、自分や小川家に向けられる視線〈暗くまといついてくるもの〉を感じて育ったはずである。しかし、作品では、そうした私小説的人間観にもとづく一切は省略されている。このことが小川文学をもうひとつ読み取りにくくしているとも思われる。作品個々の完成度には感心しても、作品と作品の背後に流れる本来一貫しているはずの時間に断絶があって、散文詩のように、あるいは神話性を感じさせる詩物語のように読まれることもあった。

「再臨派」(『生のさ中に』)は一〇人ぐらいの子供たちにまざって、毎土曜日、軽便鉄道の踏み切りに近い粗末な家で開かれる、旧約聖書の話を聞く会に通う、浩という少年を書いた作品である。常連は浩を含めて三人で、あとはしょっちゅう顔ぶれが入れ替わっていた。そういう暗い場所へ、何があって出かけるようになったのか、というようなことは一切書かれることなく省略されているのである。

ともあれ、小川の半自伝的作品は自分の内面の違和感を見つめる方向へのみ向かっていて、いわゆる私小説的人間観で書かれてはいない。彼を育んだ〈家〉が省略されているのである。志賀から摂取したのは描写力と省略法である。志賀文学における鮮烈な描写や省略は、小林秀雄や平野謙を援用すれば、志賀の〈原初的な性格〉が文章によって体験を生きなおす、そこから生み出されてくるもの、と言うことになると思うが、この志賀の方法を小川は、自分の文学を究めて行くためのまたとない手本と感じ取ったのであろう。

小川が南フランスで感覚表現に開眼したことはすでに書いた。志賀全集を読んだのはそれ以前のことだから、開眼を呼び込んだのは根っこに志賀文学があったからだ、と言えるかもしれない。

一九五七年『アポロンの島』を刊行した小川は、翌年四月、同郷の藤枝静男から同書の感想を聞くため浜松の自宅を訪ねている。志賀に師事する藤枝は一読『アポロンの島』に志賀と同質の文学を見て取ったはずである。〈同氏は私に志賀直哉に会ってみたらどうかとたずねた。その気があるんなら紹介状を書いてもいいいが〉〈私は今でもよくおぼえている。あわててイエスといった〉(「直哉との一会」)。

そして小川は「志賀直哉の教え」(『夕波帖』)にこう書いている。

〈志賀直哉と一度だけ会ったことがあります。(略)特に心に残ったのは、君ね、今書こうとしている物語があったら、その物語としっかり抱き合うことだ、すると場景が見えてくるから、君は見ながら写生すればいい、と教えてくれたことです。(略)私はこの教えを胸に、原稿を書き続けました。/やがて私が気がついたのは、物語は見えてくるだけではない、聞こえてくるものだ、ということです。場面がよく見えてきて、その上、登場人物の声がはっきり聞こえてきたら、それでもう小説はできあがったようなものです。目を働かせなさい、とだけ直哉は勧めましたが、耳を働かせることも大切だと私は思ったのです。この二つの感覚が作者の中でいきいきと働けば、必ずいい小説ができあがる、と私は思うのです〉

小川文学の原点

小川が処女作「東海のほとり」「動員時代」を最初に見せたのは、旧制静岡高校時代からの友人丹羽正だった。

〈あの頃は二人ともあまり学校（東大）へ出なかった（略）（けれど）よく会える場所があったんです。中野好夫さんのシェクスピアの講義と、中島健蔵さんのフランス文学、それと吉田精一さんの近代文学ですね。こうした講義には比較的よく出たものですから、そういうところで会うチャンスはあったわけです〉（『評伝Ⅱ』）

小川は先の自作二作と丹羽の「巨大な蝶」を、授業のあと吉田精一助教授（当時）に差し出して「どこかへ世話してほしい」と頼む。〈吉田さんは、僕は雑誌『近代文学』の編集者を知っているから、持ち込んであげるよ〉（『アポロンの島』角川文庫版あとがき）とその場で引き受けてくれた。

吉田がこのように即座に応じたのは、藤枝静男が『アポロンの島』を読んで志賀直哉を紹介しようと言ったように、小川の作品に目を通して、その傾向や質を読み取ったからに違いない。吉田は後に「小川国夫との出会い」に以下のように書いている。

〈『近代文学』の本多秋五君や平野謙君は友人であり、どちらかにとどけたのだと思う。この雑誌は、へんに気むつかしいところがあり、原稿料は払わないくせに、原稿の取捨などに関してはなかなかいばっていた。もっともたとえば昭和二十八年の創作欄には庄野潤三、杉浦民平、福永武彦、島尾敏雄、開高健などが目白押しにならんで壮観である。編集は同人が交代でつとめたようで、その時は佐々木基一君が当番だったらしい。（略）すこしあとで佐々木君にきき合わせたところ（略）この作家はよい素質をもっているとほめてくれたことを覚えている〉

この頃の小川と丹羽を往復書簡で見ると、互いに刺激しあいながら盛んにどのような文学を目指すか模索している。そのひとつに中世に宗教が負ったものを現代では文学が負うことになる、という人心救済における時代認識がある。内面の問題としては、癒えたい、癒されたい、という精神願望を文学においてかなえたいということだった。

小川の考えは、文学は行為であるということだったと思う。作家は書くことによって、読者は読むことによって救われるようなものでなければならない。

小川は中村光夫が『風俗小説論』で指摘したような、日本近代文学が自然主義リアリズムから私小説を経て風俗小説に変容して行った流れを、近代文学の源流にさかのぼって断ちきり、改めて西欧に確立された自我、キリスト者精神を基底とするところの自我を再認識するところから出直す道を選んだのだと思う。

私家版『アポロンの島』後記の〈作家とはなれて、文学の道があると考えるのは間違いだ。千人の作家は千の自分の道を歩く。二人ないし三人が、自分の意志で、近く相寄る時期もあるが……。みんなが注文に応じるようになれば、砂漠になる。注文にも応じるし、自分も生かす、というような考えも、意味のないことと思う〉という言葉は、そのあたりのことを示唆していると考える。それらのことから、小川は前近代的な位置を基点と定めて創作に入った作家だと私は思っている。

小川は、近代文学がテーマとした、維新後の旧い制度への疑念や、反抗精神から浮かび上がってきた〈家〉の問題や、キリスト教精神と共に入ってきて目を見開かされた〈私〉＝〈自我〉の問題、そして〈青春〉等のうちから、〈家〉を省略し、焦点を〈私〉＝〈自我〉にしぼって書き始めたのだと思う。自伝的長編『悲しみの港』においてすら〈家〉は単なる背景に過ぎない。

この〈家〉の省略の背景には、三つの理由があったと私は考えている。一つは聖書に見られるキリストの家族観と真理探究姿勢への思い、もう一つは芭蕉、西行の生き方への共感、そして、これが最も中核をなすものと思われるが、私小説的人間観への嫌悪である。

なぜ小川は私小説的人間観を嫌悪したのだろう。これについては感覚表現という言葉の魔力に憑かれた小川の作家的資質をまずあげることができる。それを、エゴチズム、ナルシシズムに加え、留学中パリで影響を受けた哲学者、椎名其二のアナーキズムなどによって説明することもできる。しかしそれらがすべてではない。それが半分。では残る半分とは何なのか。これについては今は、〈神の意志〉によって与えられた〈個〉〈対談「キリスト教と仏教」〉と、形成期の環境のあいだに生じた葛藤によってつくられた〈自閉の殻〉〈『悲しみの港』〉が障壁となって、とだけ記しておきたい。

描写に絵画や映画の言語Ⅰ

近代文学の源流へさかのぼり、救済の文学へむかった小川文学は、社会性を重んじる戦後文学の方向性には背をむけていたために、作品としての評価は高くても、商業出版社が食指を動かすようなものとはならなかった。

それでも小川は、自分がきめた文学の方向を変えるようなことはなかった。時流に迎合し、注文に応ずるようなそぶりは微塵も見せなかった。

商業出版社から原稿依頼がくるのは、私家版『アポロンの島』刊行から一〇年を経たのちだった。島尾敏雄が朝日新聞の「一冊の本」欄で同書を激賞したことがきっかけだった。小川はこの苦節時代に、感覚表現に絵画、詩、映画などから多く表現方法を取りこんで行く。

表現と原風景の関係で言えば、ソルボンヌ大学に留学したとき、小川は船でマルセイユ港からフランスへ入っていくが、セザンヌの街エクス・アン・プロヴァンスを通るときには、風景がすべてセザンヌの絵に見え、どこも見覚えのある風景に思えたと書いている。そのセザンヌはボードレールの『悪の華』を諳んじていたという。

小川の作品「エリコへ下る道」は、傷を負ったもの同士の姿を隣人愛を主題に描いたものだが、神の目は感じられても二人に救助者は現われず、そこにボードレールの「腐屍」や実存主義の影響とみられる、肉体の宿命を見つめる冷徹な目が働いている。

また地中海沿岸の単車旅行中も帰国後も、シュペルヴィエル詩集をポケットに入れて持ち歩き読んでいたという。

小川は一時期、著書に署名を頼まれると〈お聞きになりたいとは思いませんか／愛すべき死の国の住人たちよ／私たちが語る生の噂を〉（「オロロン・サント・マリー」）、〈血の高原地帯よ／覗い知れぬ厚みよ／君らを殺すことなしに／どうしたら、どうしたら征服できよう〉（「心臓」）、〈そしてまた陸地にもっとも忠実な耕作者たちにも／海底に珊瑚の成るのが聞こえるようにしたいものだ〉（「請願書」）などのシュペルヴィエルの詩の一節を書き添えていた。これらはリアリズムによる表現精神の理想を表している。

小川は絵画や詩や映画を、絵画の言語、詩の言語、映画の言語として意識的に描写に取り入れていったのだと思う。

「速い馬の流れ」の一節〈浩が浜の方を振り返ると、槇の向うに青黒い海が迫っていて、波頭が流れていた。それは、今までよりも速くなっていて、馬が群がって、斜になだれ込んで来るようだった。遠くにも、歯を出して背筋を噛み合いながら、無数の馬が続いていた〉は、中世絵画「ネプチューンの馬」を、「海からの光」の一節〈視界は、暴風雨の海のように、彼をもてあそんだ。／フィロチは近い筈だった。道が揺れ、オリーヴの枝が大空ごと廻り始めた。しかし細部は、例えば石にとりついた芝の根、オリーヴの幹に落ちた蔭の中を歩いている蟻は、彼を慰めた〉などは、自在な場面の組み合わせが可能な映画の言語によって、めまいを起こしたユニアの状態を、大空から蟻へ、無限から微小へむかう視界で表現している。

描写に絵画や映画の言語Ⅱ

漱石の小説には多くの絵画が持ち込まれ、さまざまな役割を果たしている。これについては芳賀徹が『絵画の領分』で詳細な分析を行っている。多くの場合、漱石は絵画の印象を生かして登場人物の性質や容貌等を暗示する方法をとっている。

小川はこうした例よりも、額縁をはずして絵画を〈個我の内奥〉へ自然の風景として解きはなち、主人公の心のありようが視線の先にとらえたものとして描写する方法をとる場合が多い。前述の「速い馬の流れ」における「ネプチューンの馬」もそうだった。だがこれとは逆に、自然の風景を額縁をはめて見る、という方法で鮮烈な印象を与えるものもある。

額縁風の枠を用意してあちこちかざして見ながら、絵になる自然の風景を探して切り取り、制作にかかるという方法は絵画では古くからある。小川はそれを描写に活用している。旧制静岡高校時代の一時期、画家への志を抱いたこともあった小川は、技法にも通じていた。

以下は「アポロンの島」の一節である。〈木のドアから漏れていた月の光は、朝の光に変って行った。浩はそれをずっと見ていたが、それでもドアを開けてバルコンへ出た時、明るさは意外だった。空は真白い壁の稜《かど》で切り取られていて、すぐそばの天井のようにも、遥《はる》かにも感じられた。壁はここの人が空を見る時の額縁だった〉。

しかし、小川にも漱石の方法で絵画を登場させる作品がある。『悲しみの港』におけるカラヴァッジョの〈パウロの回心〉がそれである。カラヴァッジョは一七世紀初頭にイタリアで活躍したリアリズムの画家である。小川はここでは主人公晃一と友人伊吹に、カラヴァッジョの〈パウロの回心〉について会話させることで、なかなか世に出られない文学青年の苦悩と飛躍への願望を暗示していく。

〈伊吹はかたわらの紙筒から、巻いた画布を引き出しました。拡げてみると、カラヴァッジョの「パウロの回心」の模写でした。／——今回のおみやげか。／——そうさ。／——よく解ったな、僕の飢えが〉〈——シシリー島ではまた、道に馬が横倒しになっているのを見たことがあるんだ。カラヴァッジョが描くこの馬は、あの馬のように大きくてなまなましい。僕はいたずらに足掻く馬を、かたわらで見ていた。この絵では、仰向けに倒れて痙攣《けいれん》するパウロを、馬がかたわらで見ているんだけれど、僕のあの日のように、この絵にも、もどかしい悲しみが陽炎《かげろう》のようにただよっている気がする〉

絵画の扱い方だけではない。この『悲しみの港』という作品からは、漱石における自我の探求の方向性が意識されているような印象を受ける。時代設定は六〇年安保の年だが、作品が醸しだす時代はもっと昔のように思える。

本多秋五は志賀直哉の『暗夜行路』を念頭に置いてか、続編を書くようにと小川に言ったそうだが、どのように読んでいたのだろう。

『悲しみの港』

前章で、『悲しみの港』では〈漱石における自我探求の方向性が意識されているような印象を受ける〉と書いたが、それはヨーロッパを経験し帰郷した及川晃一が、故郷の人々と自分の間を吹き抜ける風に戸惑い、違和感を覚え、〈自閉の殻〉にこもる過程に、漱石の場合を考える気配が感じられるということで、小川が作中、漱石を持ち出してそう書いているというわけではない。私の念頭にあるのは、漱石が一九一四年学習院大学で行った講演「私の個人主義」における自我形成過程である。

では『悲しみの港』に書かれた強烈な自我表出の場面にはどんな背景があったと言えるだろう。この作品の山場は先にも紹介した〈僕はなぜ孤絶にあこがれるのか、自閉の殻はなぜ在るのか、自分の中の奥地へ冒険を試みるために、だ。その途次でのみ、借りものでない独特な言葉が必要になってくる。僕にとって伊吹綱夫や樋口聡や藁科亮吉でさえ、なしで済ませることができるとすれば、そのほうが好ましい〉と書かれた「幻の避難港」あたりである。

これこそが小川の生涯一貫した文学への姿勢だった。小川はこの作品を書くために体験を深く見つめるだけではなく、聖書や、多くの文学作品、丹羽正との往復書簡等のほか、苦節時代に刻印されたさまざまなものを盛り込んでいった。

そこには志賀直哉の日記もあったと私は思っている。小川は志賀の日記を机上においてこの作品を書くことによって、自らの苦節時代を文章によって生きなおすと同時に、傾倒する志賀が作家として立つに至る道程をも生きなおす、という二重の作業を実践したのだと思う。

以下は、志賀直哉二九歳、一九一二年の日記である。右の小川の作品から引用した〈自分の中の奥地へ冒険を試みる〉と、左の志賀の日記からの引用〈自分を出来るだけ深く掘ろうと思う〉は同義である。

〈三月一三日、自分は全然自由で欲《ママ》しい。自分は自由で自分を出来るだけ深く掘ろうと思う。自分の自由を得る為めには他人をかえりみまい。而して自分の自由を得んが為めに他人の自由を尊重しよう。他人の自由を尊重しないと自分の自由をさまたげられる。二つが矛盾すれば、他人の自由を圧しようとしよう〉

〈四月六日、午後父に京都に行きたい五十円貰いたいと話した事から生活問題になった。自分は「お父さんが長生きをしてさえ下されば必ず僕を自分勝手にして置いた事をいゝ事し

たと思われるだろう」といった〉

志賀も小川も己の文学を貫くために一切の束縛から逃れ我が儘に生きて、ひたすら自分の中の奥地だけを見つめて書いた。小川は『アポロンの島』で志賀直哉を出発点にすると宣言し、以降一貫してその文学姿勢を貫き通した。

本多秋五は志賀直哉とトルストイを生涯読み続けた人である。また小川文学も処女作「東海のほとり」以降ほとんどの作品を読んでいた。その本多が『悲しみの港』を激賞する手紙を小川に送り、小川は感激して額装し、書斎に飾ったと話していた。

純粋精神

以前、或る雑誌に小川の描写について「解纜《かいらん》の精神」という文章を書いたとき、副題に純粋精神の作家と付したところ、或る人から「小川国夫が、そんなことはないだろう」と言われ、戸惑ったことがあった。

あとで考えてみると、どうもその人は、橋本一明が日本人の精神形態を歴史的に検証しようと試み始め、未完に終わった「日本における純粋精神の系譜」、或いは横光利一の『純粋小説論』等を念頭に置いて言ったのではなかろうかという気がした。

私が小川を〈純粋精神の作家〉と呼ぶのはもっと単純な理由からで、前述のように志賀直哉の「焚火」を芥川龍之介が〈もっとも純粋な小説〉と評価していたこと、小川がその「焚火」から志賀直哉に入って行き、感覚表現へ向かったこと、そして何よりも〈自分の奥地へ冒険を試みる〉（『悲しみの港』）という個我探求の姿勢に、〈純粋自我〉を感じ取っていたからである。

加えて、周辺の多くがシュルレアリスム運動に積極的だった時代に、一貫してその外にいて自分を変えなかったシュペルヴィエルのように、小川もその解纜から一貫して変わることなく自分の文学を探求し続けてきた。〈純粋精神の作家〉と付したのはそういう理由からだった。

小川に東大時代のものと思われる「文学、及び、書物の読み方、についての一考察」と題する論文がある。以下はそこからの抜粋である。

〈小説家は自己の散文の領域を他と明瞭に区別して、確乎たる境界線を引く。これは自己の方法論を確立することである。すなわち文学理論を豊富にすること、また正確にすること。（略）現在私は宗教の領域の中に、従来考えて来た風の人間の問題を、如何なる仕方で持ち込むべきかと考えている。このことは私の中の文学的態度と宗教的世界との自然な融合について、腐心しているのだとも言える。学問から宗教へ行かんとする人は、何と言おうとも宗教の合理性、即、所謂信仰と理性の一致の問題が、最大関心事とならざるを得ないであろう。私に於いては、事情は幾分違う。私は観念を先行させては進んで行けない。私の精神は個々の事柄について、一つ一つ私にとって確実な実感を要求する。それがないと、どうしても不安である。実感とは言いかえれば、心の中であるべき所に事柄がおさまる感じ、更に言いかえれば、自然な感じのことである。（略）私の精神も勿論事柄についてそれを受け入れるためには、合理性を要求するが、その種の精神が先頭切って行くのではなく、それはあとに続くものである。そして、先頭切って対象を心の中へはめ込んでいく働きをなす精神は、芸術的とでもよぶべき直観である。即、私は不断にこの対象（宗教）を、自然に感じようと努力しているのだ〉（『評伝Ⅱ』）

小川のこのような感性、裸形への志向が、私に純粋精神という言葉を使わせたのかもしれない。

高等遊民

前章で紹介した小川の〈文学的態度と宗教的世界の自然な融合〉への腐心は、やがて小川文学の世界に、どの作品をどのように切ってもにじみ出す宗教性を帯びさせることになる。

これは小川が、浩ものの ような自伝的短篇を書く場合、キリスト教的体験や暗くまといついてくるもの、また、原罪とは何かというようなことは省略している、と言っていることと矛盾しない。伝記的事実としては省略されても、それは醸し出されてくる。

このような作品にただよう空気のようなものは、作家によってその広がりの広狭はあるにしても、幾作か読み重ねて行くと、どことなく同質の空気を想わせる世界を連想させるものである。それでいくと小川の『悲しみの港』や「逸民」の世界の空気は、どこか漱石を想わせる。この場合の同質空気は宗教性ではなく、主人公の外部の見方と自我の問題である。『悲しみの港』で言えば、書かれていることは大方小川の伝記的事実に沿っているが、もしかすると、小川は漱石の目で、漱石の造形レンズを通して、自分の文学青年時代を見つめ直し、書いたのではなかろうかというふうにも考える。この作品は作家志望の文学青年の苦悩を描いた作品である。

フランス留学体験もあるエリート及川晃一は、帰国後東京で創作活動をしていたが、生活のため都落ちするように故郷の藤枝へ帰ってくる。そして父の事業所に半日だけのぶらぶら勤めをしながら、生活の面倒を見てもらい、世に出る望みにすがって書いている。

晃一は一人身だが、世間とのことを一切引き受けてくれる伝法肌の婆やが同居している。そこに恋愛をからませ、恋人静枝には作家志望者に対する理想的読者という役割も負わせて、婆やとは異なる意味での外部への橋のような役割を負わせている。

この作品を読んでから小川に会った時、「どことなく漱石が匂うようですが」と言うと、「高等遊民ですよ」、そして一呼吸おいて「二葉亭四迷」という答が返ってきた。その先につづく言葉はなかった。

確かに晃一は文学を志してはいるが定職はなく、高等遊民的ではある。しかし、漱石が『彼岸過迄』の松本や須永、『それから』の代助で造形した高等遊民とはまったく異なってい る。漱石の高等遊民には斜に構えた体制や常識への反発があるが、晃一は外部に対することは婆やらに任せて、ひたすら文学至上主義を生き抜こうとしている。そこに遊民性はない。

あるいは小川は、漱石の高等遊民の遊民性を求道性にかえて晃一を造形したのだろうか。そして二葉亭四迷。確かに『悲しみの港』における晃一と静枝の関係は、二葉亭の「浮雲」における内海文三とお勢の関係に似ている。小川のぶっきらぼうな答えをそのまま信じていいなら、小川は苦節時代の体験を、漱石と二葉亭を念頭に置いて書いた、と言えるかもしれない。

暴力を要素とする世界

小川は『彼の故郷』の後記にこう書いている。〈この集に収録した仕事の書き方は、十七年前に出した《アポロンの島》以来のものだ。乗りかけた船といおうか、半自伝的作品を書く場合、私にはこれ以外のやり方はできなくなったようだ。／書き始める前に、別に前作の時と違った方針があったわけではないが、今度は、書きながら、いわゆる生い立ちの時期に自然と注意が集まって行った〉。

小川のいう半自伝的作品とは、彼自身を柚木浩という三人称の客観視点で見つめた短編作品である。この浩ものは『アポロンの島』に始まり、『生のさ中に』『海からの光』を経て『彼の故郷』でその頂点に達している。ここでの浩は、『アポロンの島』の浩がフランス留学中の二十代後半の青年であるのに対して、故郷の駿河湾西岸の町の旧制中学生である。しかし『アポロンの島』の浩が、遺跡から遺跡への地中海沿岸の単車旅行の孤独と疲れに、うめき声を上げながら束の間、風景に慰めを得るような内向鬱屈した孤独者ではない。

戦時下の学徒動員で授業を棚上げされ、造船所で船作りの手伝いをさせられながらも、むしろ明るい。小川はそこでの少年たちを〈浩〉の目を通して、戦争という国家暴力がつくり出した小世界を活写している。そこで行われる少年暴力は、その小世界が保持されるための決定要素として描かれるのである。血なまぐさい小爆発をくりかえすことで、彼らは戦時下の束縛からむしろ自由であり、明るささえ感じさせる。『彼の故郷』では暴力が意味を持って描かれている。

この『彼の故郷』は、小川が書いている通り、一九五七年刊行の私家版『アポロンの島』から一七年後の七四年に刊行されているが、そこに収録されている一三の短篇の初出は、「翔洋丸」「彗星」「キャンプ」は七〇年六月「我は呼吸に過ぎない」の総題のもと『すばる』に、「或る熱意」「火喰鳥」「狙う人」「異邦の駅」「あじさしの洲」「梟たち」「伸子の体」「六道の辻」「アナザ・ギャング」は七一年七月「彼の故郷」の総題のもと『群像』に、「モルヒネを」は七二年七月『青春と読書』に、「海鵜」は七三年六月『週刊朝日』に発表されたものである。

小川はこの『彼の故郷』という題名を、チェーザレ・パヴェーゼの『おまえの故郷』(Paesi tuoi)(邦訳は『故郷』)から〈頂戴して〉つけた、と言っていた。『彼の故郷』はパヴェーゼの『おまえの故郷』に触発されて書かれた作品である、と言ってよいだろう。

彼は「チェーザレ・パヴェーゼの世界」にこう書いている。〈イタリア旅行から十三年経って、私は（略）南へ流刑されたチェーザレ・パヴェーゼの《牢獄》を読んだ。彼は手錠をかけられ、汽車で海岸線を下り、半島の南端ブランカレオーネ・カラーブロに着いた〉。

小川は五五年、単車でイタリア半島を南下し、シシリー島に遺跡を見に行っている。〈シシリー島の海岸を単車でほぼ一周して、北へ帰る時、私はブランカレオーネ・カラーブロの渚をかすめたに違いない。今、地図で村の位置をたしかめようとしてもみつからない〉。パヴェーゼの『牢獄』を読みながら、かつて単車で通過したはずのパヴェーゼの流刑の村を地図で確かめようとしたのである。このブランカレオーネ・カラーブロはイタリア半島の南端だが、『おまえの故郷』の舞台は北イタリアのトリノに近い寒村モンティチエッロである。

小川がパヴェーゼを読むのは、五五年のイタリア旅行から一三年後ということだから、六八年である。この頃には白水社、集英社、少しして晶文社などから翻訳本が出ている。それを読んだのか、或いは仏訳本で読んだのかもしれない。彼が「チェーザレ・パヴェーゼの世界」「パヴェーゼ《牢獄》《故郷》」のなかに引用している訳文は、他の人の訳文とは微妙に違っていて、彼自身の訳と思われるからである。仏訳は五三年、ちょうど小川が渡仏した年にフランスで出ている。しかし例えば仏訳で読んだにしても、滞欧中に読んだということではなく、日本語訳が出た頃に、仏訳と日本語訳の双方を並べて読んだのかもしれない。こういう場合、外国語と合わせて読むほうが理解しやすい、ということはパヴェーゼが話題のときではなかったが言っていたからである。

パヴェーゼは『おまえの故郷』で、タナーノという若者のずる賢く非情で、悪の権化のような暴力を要素として、かろうじて村たりえている村と、そんなタナーノでありながら、村人の誰一人として彼を告発しようとしない、.村世界の原初的なありようを描いている。背景はイタリア、ファシズム時代の戦時下で、小川が旧制中学時代の戦時下の少年暴力へ目をむけることになったのも、このパヴェーゼの影響によるものと言えるだろう。

パヴェーゼは『おまえの故郷』で、〈ぼく〉という語り手の目をとおして、タナーノとタナーノの故郷の村に向かって〈おまえは何だ、おまえの村は、一体なんという村なのだ〉という怒りを、そこでの衝撃的な事件を、しかし静かな詩的な言葉と澄明な描写で告発して行く。一方、小川の『彼の故郷』は、あくまでも自身の体験と内奥へ向けられた目によって、時代の暗い圧力が生み出した束縛からの解放としての暴力世界を描いている。

『遠つ海の物語』

前出の「境越え」の章で、境が葛藤の舞台となる『遠つ海の物語』や「アナザギャング」

のような作品もあると書いたが、この二作の場合の境はいずれも生と死の境である。しかし主要な登場人物の立脚点は、『遠つ海の物語』では生と死の双方にあってそこから境界へなだれ込むのに対して、「アナザギャング」では暗い死の側に置かれている。前者ではそこで生と死の相克が演じられ、後者では生死の境を越えた者が死の瞬間を回想する話である。

『遠つ海の物語』は民話風の叙事詩的小説である。小川は「あとがき」に、御前崎を散歩していた時土地に誘惑され、昔話を書きたいと思い立った。遠江の国には橘逸勢の娘の流離譚もあるし、伝説もある。関東に源氏が勃興する時代まではこの地はさい果てで、もの悲しい辺境の言い伝えも残っている、と書いているが、ではどのような民話伝承にもとづいて作品化したのか、ということについては触れていない。

ここには小川の死生観と人間の本質、愛についての考え方が具体的な言葉で書かれていて、それは小川文学の根幹について自ら解説したものと受けとめてよいようにも思える。数奇な運命に翻弄される瀬戸内水軍名門の娘あみ姫が、愛する二人の若者の愛にどう応えるかを問うた壮大な物語である。

若者の一人は苦悩の果てに自死した〈さと兄ご〉、もう一人は人買いからあみ姫を救った漁師の権太で、二人の生者と死者は互いに、自分のそばにいてこそ幸福はある、とあみ姫を奪い合う。小川は生のがわに軍配をあげ、あみ姫は権太の妻になり海辺の村を繁栄させる。人間は生きていてこそ幸福であるという物語にしているのだ。

この作品を読んだ時まず思い浮かんだのは、北村透谷の劇詩「蓬萊曲」だった。「蓬萊曲」の主人公柳田素雄は、近代的自我の過剰意識から苦悩〈暴れたる心の風〉を深め、従者を連れて旅に出る。そして蓬萊山のふもとで、我が住む山へ登ってくれば苦悩は解消するだろう、と嘲笑う魔王の声を聞く。

神の死後、魔王は現世で繁栄と破滅の双方を支配していて、自分に屈服するように素雄にせまる。素雄は従わず戦おうとするが、魔王はそんな素雄を相手にせず、嘲笑を浴びせ去っていく。絶望した素雄は、心を静めるように、と樵夫の源六から渡された琵琶を崖から投げ捨て、息絶える。そしておだやかな湖を行く小舟の上で目を覚ます。そこは死後の世界で、先に死んだ恋人露姫が枕元で介抱している。素雄は魔王の支配する現世から逃れ出たこと、そしてかつての恋人の腕に救われたことを知り、二人喜びのうちに彼岸へむかっていく。

透谷は二五歳で自死する。現世の苦悩は死によって救済されるという想像にすがったのかもしれない。小川は〈死は幻であるからこそ魅力的〉と死を退け、〈苦労の連続〉かもしれない生に賭けるようあみ姫に決心させるのである。

夢と現実

前章で『遠つ海の物語』と「アナザギャング」を、生と死の境界を舞台とする作品として紹介したが、小川にはそれとは別に、現実とも夢とも判別しがたい不思議な世界の作品がある。

現実から夢あるいは幻想へ、そして再び現実へと意識の流れを追うかたちで書かれていて、しかも細部が実在感のある克明な描写で描かれているので、生の世界とも死の世界とも言いうる世界となっているのである。そこでの生死は『遠つ海の物語』のような対立ではなく、融合して一つの不思議な世界をつくりあげている。

「六道の辻」は、渓流釣りに行こうとして列車に乗った浩が、煙草を切らしたことに気づき、知り合いをさがして煙草をもらおうと隣の車両をのぞいて、晶次を見つけ手に入れる。この晶次は、浩との会話から、鹿屋の基地を特攻機で飛び立ち、すでに戦死しているらしいことが判ってくる。そういう会話をしながら、二人は渓へ入って山女を釣るのである。

こうした世界へ誘われた読者は〈小さな滝の落ちぎわへ糸を投げると、水の引きの中から、いきなり当りがあった。浩は、十五センチもある山女《やまめ》を、いきなり一匹抜いた。暁の魚らしく跳ねが強くて、彼は、僕はこれを感じるために大井川へ来たんだ、と思った〉、というような表現に出合って、生を実感し現実へ引き戻される。

列車の中の会話にはこういうものもある。〈死ぬと決められたら、今度は反対に生き残れることを期待する。それだけさ、と思うかも知れないが、そうじゃあない。それだけじゃあない。夢の世界ってことがある。正真正銘の夢が満たされるってことさ〉。

浩にとって特攻へ行った晶次の死は、普段から頭を離れない問題だったのだろう。夢が現実を侵蝕し、夢とも現実ともつかない世界に「六道の辻」という題名は暗示的である。この作品も「アナザギャング」も、更には、浩が死に近い病床で支配者と呼ばれる異界の男に翻弄される「狙う人」なども、短篇集『彼の故郷』収録の、人間性の不可解を追及した魅力的な作品である。

〈夢の中のことも現実だと思う〉〈夢をうつつの世界だけで理解するんじゃなくて、夢そのもの、やはりそこに現実があると思うんで、それをそのものとしてつかまえれば、うつつの時とは別な体験をつかまえることができる〉、対談『夢と現実』（島尾・小川）でこう言っているのは、『夢の中での日常』の著者島尾敏雄である。

小川の作品も、この島尾の発言にみられるような方法で書かれている。こうした方法で最初に夢の形象を使って、あたかも夢のように、人間性の衝撃的な部分に焦点を当てて描いてみせたのは漱石『夢十夜』である。

　こうした先達の文学と、東大時代、物語の半分以上が夢の叙述といわれる謡に親しんだことなどが根底にあって、小川文学はさまざまな形の夢と現実の融合世界を創出させたのだと思う。

「葦枯れて」

遺作短編集『止島』冒頭の「葦枯れて」は、小川には珍しい時代小説である。徳川家と武田信玄、勝頼の高天神城をめぐる戦いで、敵味方に分かれた従兄弟同士の間に起きた悲劇が書かれている。

　渕江多與右衛門は高天神で本多の勢に攻められ、敗走して故郷の寺常楽院へたどりつく。そこは従兄弟の五十海庄二やその兄惣太と、武士になって功名をあげようと志を立て、武術を習ったところでもあった。與右衛門はこの敗走ですでに戦うことの意味を見失い、殺し合いをさけて生きたいと思い始めている。

　その與右衛門の首を、庄二は功名のためとろうと執拗に追いまわす。そしてやむなく與右衛門が突き出した槍の石突に突かれ死んでしまう。それを知った兄惣太は、配下の鉄砲組み二人を連れて葦原へ行き、與右衛門を撃ち殺してしまう。〈人間わざじゃあない。人間の仕打ちじゃあない〉と與右衛門の〈親父どの〉が嘆くところでこの物語は終わっている。

二〇〇六年一月『文學界』にこの小説が発表された直後、私は小川に、どういう動機で書いたのか尋ねたことがあった。こういう題材の小説は初めてだったからである。

「藤枝のことをいろいろ書いてきましたからね。こういうものも書いておこうと」「材料はあるんですか」「郷土史にあるんですよ。藤枝市史とか静岡県史にね。郷土史家は多分山さんみたいな人がやっているんでしょうけど、調べ方はすごいですよ。徹底していますね」と言っていた。このときの話ではすでに幾つか題材は準備していて、こういうものだけで一冊にするつもりです、とも言っていた。

司修が〇八年五月二四日『図書新聞』に書いた「作家魂—小川国夫さん追悼」によると、『止島』の装幀を依頼されていた司も、やはり「葦枯れて」について小川に質問している。〈小川は、旧約聖書から題材をとったといい「あなたが好きなアブサロムの」という。（略）「サムエル記ですか」「そう」／與右衛門という人物は、アブネルというサウルの軍の長なのだきっと。アブネルは戦いに敗れて逃れているのを、カモシカのように足の速いアサエルに追いつかれ、戦うのはやめろというのだが、アサエルはきかないので、槍の石突で突き殺してしまう〉と書いている。作品の背後には郷土史と聖書があったのである。

小川は〇六年六月『解釈と鑑賞』の特別インタビュー「最後の純文学から未来の世代へ」（聞き手・伊藤氏貴）で、私が聞いた話とほぼ同じ内容のことを語ったあと〈藤枝の宿場、これは四百年ぐらい前にできた。その辺をちょっとにらんで、あとずうっともってきたいっていう感じがあるんです。こういう土地の歴史を書く興味ってどこからきているかというと、僕の読書では、ウィリアム・フォークナー。彼は北欧の呼び方で「サーガ」って言うんですね。「ヨクナパトーファ・サーガ」〉とも語っている。

『イエス・キリストの生涯を読む』

没後一年記念出版として一月末、河出書房新社から刊行された『イエス・キリストの生涯を読む』は、一九九五年四月〜六月期・NHK教育テレビ・人間大学、放映時のテキスト「イエス・キリスト―その生と死と復活」を単行本化したものである。

ここにはキリストの誕生から復活までの物語が、放送講座ならではの平易な言葉で語られている。生涯聖書を読み続け、キリストの生と死と復活の真実を探究し続けた小川らしく、その読み方は小説作法同様リアリズムに基づいている。現場で実際にあった、具体的な出来事の描写と感じられるような箇所に、特に強い関心を寄せているところからもそれは判る。〈イエスの奇跡は、親密な、彼が特に愛した人々のあいだに――、大事なことは、彼を信じている人々のあいだに起こるのです。（略）その他の大多数の人々には信じられていなかったと考えられるのです。そのことは直接書いてあります。「イエスはこのように多くの奇跡を行ったのに、彼らはそれを信じなかった」と。イエスの奇跡は疑えない、誰にも疑いを差し挟む余地のないことだと多くの人の目の前に明らかだったとすれば、イエスが糾弾されて十字架につけられることもなかったに違いありません〉

〇六年二月二三日付『日本経済新聞』の「聖書―小川国夫さんに聞く」によると、教会は一時期、信徒が勝手に聖書を読むことを嫌ったことがあったという。小川も神父から「聖書主義だ」と忠告されたことも。「でも僕は読み続けた。読んだ時期は六十年以上で、僕の文学の時期とほぼ重なる。聖書はわかったようでわからない不思議な書。読むたびに色々と感慨がわいてくる」。そして聖書は、奥深く謎に満ち、不可解であるがゆえに魅力に富むというのである。

〈聖書は文学です〉と小川は言っていた。この立場で読む者は、聖書を宗教理念としてではなく、生活次元の問題として読むことになる。小川の聖書観はそこにあった。そう思って読むと、聖書は生活のなかの出来ごとに対する考え方を書いた書物として読むことができる。

そして本書「十字架」の章には、キリストがもし死の苦しみをなめ尽くさなかったとしたら、死は聖書の中に本当の姿をあらわしてこない。死の悲惨な姿、キリストがその悲惨さをくぐりぬけた様子が聖書には書かれているが、そのことによって初めてキリストは万人の救いになりうるのだと。世界には苦しい病気で亡くなる方もあるし、不運な事故で亡くなる方も、戦争にかり出されて非業の死を遂げる人もある。そういう人たちがキリストを拠所にできるのは、自分たちの死と同等の、あるいはそれ以上の悲惨なめをキリスト自身が体験したことによるのだと。

そして、新約聖書全体が、なぜ書かれたかと言うことでは、その決定的な動機はキリストの復活にあったとしている。信仰の証言として、そこからさかのぼって書かれたのだと。キリストが十字架上で息を引き取ったときに、弟子たちの信仰は危機にさらされた。しかし、キリストに対する信頼が、彼の復活を見たという確信によって完全に回復される、そういう事情が聖書の成り立ちにはありありと見てとれる、と語っている。

聖書借景の世界

前章『イエス・キリストの生涯を読む』では、小川の聖書観を紹介したが、それより前の「純粋精神」の章では、東大時代の小川の宗教と文学に関する論文を紹介しておいた。

その中に〈宗教の領域の中に、従来考えて来た風の人間の問題を、如何なる仕方で持ち込むべきかと考えている〉という一節があった。そしてその方法論の一つとして別の章で、自伝的短篇に内在する宗教性について、〈浩もの〉を例に書いておいた。そこでは形成期の小川の宗教体験は小説では省略されて、人との付き合いの部分が書かれているというものだった。結果として〈浩もの〉などには宗教に関することは書かれていないのに、つよく宗教性を感じさせるものとなっている、と。

小川が絵画に造詣が深いこと、絵画から文学に多くのものを取り込んでいることはすでに書いたが、その文学と宗教の融合の方法という観点から見れば、近似の画家は「晩鐘」や「落穂拾い」の画家ミレーであろうと私は思っている。小川とはミレーについて話し込んだこともあった。

絵画好きの小川には、セザンヌ、ゴッホ、ピカソ、ルオー等をはじめとする多くの美術論があるし、カラヴァッジョのように作品に登場させている画家もいる。しかし不思議なことにミレーは書いていない。なぜなのか。聞いておけばよかったと思うがいまとなってはもう遅い。

小川が文学に宗教を融合させて行く過程と、ミレーが絵画において農民の労働に聖書を内在させていく過程は似ている。ミレーは教会へ行かなかった。小川も文学に専念し始めた頃からは教会へ行っていない。それはさておき、こうした作法の作品とは別に、小川にはキリスト教発根発芽期の原初的精神を考察して、宗教や信仰に関わるところで人間性の本質を探究した作品がある。

十字架を負わされ刑場へ追い立てられて行く〈あの人〉から目をそらさず、彼が発する言葉を細大もらさず聞き逃すまいと群衆にまぎれてつき従い、その死を見届け、遺された言葉と〈あの人〉の死の意味を考える少年ユニアを書いた「枯木」や、そのユニアが青年になって登場する「ともに在りし時」「なぜ我を棄てたまいしか」「その血は我に」の三部からなる『或る聖書』等の作品である。

『或る聖書』は、新約聖書の福音書に書かれているキリストの事跡を借景に書かれた作品である。小川は長年親しんできた聖書を閉じてキリストの事跡も脇へ片付け、〈あの人〉、ユニア、アシニリロムゾ、アニノミラビなどの人物を登場させて、あえてキリストや使徒たちの名前を用いず、独自の想像力で荒廃した時代のたち迷う精神に言葉の光を注ぎ、希望に点火しようとする作品を書いたのである。〈あの人〉はユニアに向かって言う。〈新しい時代はもう来ている。今はもう、私の去った時のために準備することだ〉。

言葉に関しては意識的生徒

吉本隆明との対談「家・隣人・故郷」のなかで、小川はこう言っている。「僕が書く契機のいちばん源みたいなものですね。これはやはり日々の人生のしがなさとか、そういういろいろごちゃごちゃした接触なり体験ですね。そういうところで、わずかでもいいけれども、たしかめがなければ、構想も浮かばないし、小説にしていくことはないみたいですね。(略)僕は人間理解のとっかかりにいると感じていますし、新しい発見があれば、新しい書き方が要ると思います。それが小説のやるべきことの一つだと思うんです」。

そして以下は随筆「なぜ港をうろつくか」のなかの一節。漁師町の飲み屋で隣に坐った漁師がいた場合、〈彼らは言葉を聞かせてくれる者で、言葉に関しては無意識的教師であり、私は言葉を聞く者で、それに関しては意識的生徒ということ〉になる。小川は言葉に憑かれた人、活きた言葉に飢えた、言葉の猟人だった。前出のシュペルヴィエルの詩〈血の高原地帯よ〉などの例からもそれは判る。

以下は、その港で耳にした言葉によって書かれた、短篇「港にて」の一節である。〈店の中は安っぽい照明がしてあった。私は今朝の黄色い光の中で、不吉にたゆたっていた波頭の群を思い出した。そして十数時間後には自分は、こんな幼稚な、しかもなま温い場所へ行き着いたのだ、と思った。ただ女がいることが、恐怖からの解放感を二倍にも三倍にもして味わせるようだった。この効果は無上のものだ。とかく船乗りなんて、勝負は早い、と思った。——すみちゃん、今日美粧院へ行ったわね、と娘は奥へ向かっていった。——うん、行ったけど、と奥にいた娘がいった。——いらっしゃいよ、この若い衆が、あんたのこと好きだって。／すみちゃんと呼ばれた娘が私の所へ来て、スタンドにするか、ボックスにするか、と尋ねた。手足が太い健康そうな娘だった。特に歯が、妙な照明の中でも真白に輝くのが判った。私たちは並んでスタンドに坐った。——美粧院へ行きたてが好きなの、と彼女は面白そうに聞いた。——うん、と私は前へ眼を据えたままでいった。——船の人なの……、と彼女は判っていることを聞いた。——そうさ。陸はたまだからな。ボサボサした娘は見たかないい〉。

台風の風がまだ収まっていない焼津港へ入港した船の漁船員が、弁天町のぬかるんでいる小路から出てきた娘に誘われて入った店での会話である。

そして以下は小川の言葉へのモノマニアックな姿勢が伺える随筆「言語感覚と言語哲学」の一節である。〈最愛の言葉を光源として据え、そのまわりの言葉・言葉にそれぞれの位置を与え、光の様々な段階にちりばめるという構図が思い浮ぶことがある。或いは、最もいまわしい言葉を孔みたいな闇として中央に置き、周囲の薄明の中に、更に外延の昼の光の中に、現在まで自分と関わりを持ったあまたの言葉をばらまいてみる、という想像もする〉。

肉親観

以下は小川の「行きずりのマントーヴァ」（『虹よ消えるな』）の一節である。

〈バイクにまたがって、四十日間もイタリア旅行をしたことがありました。一九五四年から五年の夏のことです。（略）まず惹かれたのは、フェラーラ、パドヴァ、ヴェネチアとつなぐ北を横断するコースでした。（略）その途中で、マントーヴァの大聖堂の前にバイクを止めて、しばらく休憩をとったことを覚えています。すると、数名の土地の人が近寄ってきて、どこから来てどこへ行くのか、日本人か中国人か、などと質問しました。それだけのことですが、その静かな時間をおぼえています。

ところで、今年、二〇〇七年になって、友人の滝田さんが、たまたまマントーヴァに行くと、大聖堂の前で同じような質問を土地の人から受けたと言うのです。三十半ばの滝田さんに近寄ってきたのは、七十代、あるいは八十代とも見える年寄りだったとのことです。ぼくは日本人です、と応えますと、その年寄りは、日本人に会うのはめずらしいことだ、過去に一回だけ会ったことがある。その人のバイクの音がやかましかったので、苦情を言い、ついでに、日本のことを聞いてみた、ずっと昔のことだが……、と言ったと言うのです〉

小川は〈滝田さん〉から、この年寄りが会ったという日本人はあなたではないでしょうかと言われ、五三年も前の往時のことが鮮やかによみがえってきたと書いている。「行きずりのマントーヴァ」はたちまち深いえにしの町となった。小川がマントーヴァをあえて〈行きずり〉と書いたのは、それがえにしに変わる高ぶりを意識してのことだろう。

「ところで、この滝田さんという人、誰か知っていますか」と、先日、小川と深交のあった小柳津に尋ねられた。「いえ、知りませんが」「三男の光生さんですよ。息子とは書きにくいので滝田さんとしたのでしょう。面白い話ですね。小川さんらしいですね」「まったく、小川さんらしいですね。面白い話です」。〈光生さん〉はいま仕事の関係でヴェネチア住まいだから、こういう偶然にも出合ったのだろう。父と子が五三年を隔てかの地の同じ人に声をかけられる。めったにもあるようなことではない。

それはそれで面白い話だが、小柳津が「小川さんらしい」と言い、私が「まったく」とうなずいたのにはもう一つ理由があった。小川は半自伝的と称する小説を多く書いているが、前述のように家庭内のことや肉親関係などを材に、所謂、私小説的世界を私小説的人間観で書くようなことはなかった。肉親に対しては自分の自由を侵害されない程度の距離を常に保っていた。作品においても、実生活においても。何故か。それが個我の内奥に分け入って人間の本質を見きわめようとした小川の覚悟というものであったと私は思っている。

例えば晩年の『弱い神』は、最初三回雑誌に発表しほぼ完成させた後、同じテーマで三代記として書き直し、短篇連作二八回、未完の大作として残された。小川はここでは小川家三代の精神史をモデルにしながら、伝記的事実には縛られないフィクションのスタイルを用いている。

「小川さんらしい」とは、そういう肉親の扱い方を指してのことである。

友人

小川の文学的才能に最初に惚れ込んだのは丹羽正である。旧制静岡高校に入学し、袋井から列車通学を始めた最初の日に、藤枝から乗った小川を見て目が離せなくなり、静岡で下りて学校へ向かう道を行くときには、もう同じ高校の新入生に間違いないと胸をはずませずっと後をついて行った。丹羽はそう自伝エッセイ『魅せられた魂』に書いている。この時から深交は始まる。

授業を抜けだした小川が別の教室で授業を受けている丹羽を呼び出し、二人でフランス映画を見たり、日本平へ登ったりもしている。話題はほとんどが文学か絵画のことだったという。やがて二人は東大へ進む。丹羽は英文科へ、小川は一年遅れて国文科へ。この頃は中野好夫のシェイクスピア、中島健蔵の近代フランス文学史、吉田精一の近・現代文学史の教室でよく顔を合わせたという。

丹羽は卒業後、中島健蔵の推薦で岡山大学に赴任し、小川は休学してソルボンヌ大学に留学する。滞欧二年八ヶ月間の往復書簡では、文学への熱い思いが交換され、それは『小川国夫の手紙』（丹羽正編）として刊行されている。

〈二人の間には、或る共通性がある。それは私意を排して《大きなものを怯えつつ待つ》という姿勢であり、《癒えたい》という祈願だ、という風に思える。文学が二人の間で意味があるものとなったのも、そういう姿勢なり、祈願なりがあったからだという気がする〉と丹羽は同書に記している。

一九五七年二人は中心になって『青銅時代』を創刊するが、それは同時に十年に及ぶ小川の苦節時代の始まりでもあった。〈都落ちするように帰郷した〉日から書き起こされた『悲しみの港』に登場する文学の友伊吹綱夫は丹羽正である。

この苦節時代に本多秋五の紹介で小川に交際を求めてきたのが立原正秋だった。〈私が小川国夫の名を知ったのは昭和三十二年の夏である。その夏のある日、逗子に本多秋五氏を訪ねたら、氏は、こんな雑誌が二冊送られてきたが、と一冊を私に寄贈してくださった。それが『青銅時代』創刊号であった。この雑誌に彼の『アポロンの島』が載っていたのである〉と立原は「小川国夫との出逢い」に書いている。

立原・小川・往復書簡『冬の二人』を読むと、手紙はもっぱら立原のペースで交換され、世に迎えられない苛立ちや消息を伝えあっているが、ここには丹羽との間で交わされたような深い文学論はない。立原には小川を藤枝に訪ねた日のことを書いた短篇「合わせ鏡」や、共に焼津港を散歩したエッセイもある。

六三年、小川は旧制志太中学校の後輩加仁阿木良の誘いを受け、『文芸静岡』の創刊に参加する。この頃から六六、七年頃までの、所謂世に出るまでの三、四年間は、小川は毎日のように焼津に加仁を訪ねて、酒を酌み交わし、文学論にふけった。

亡き母の囁き

二〇〇七年、春だったと思う。小川がテレビで聞いたと言って〈雨が静かに降る／日暮れの町外れ〉と古い歌謡曲の一節を口ずさみ「知りませんか。いい歌なので覚えたいと思うんですが」と言った。子供の頃聞いたことのある歌だった。私もそこまでは知っていたが、その先は思い出せなかった。

小川はその時、サトウハチローの少年時代の佐藤家を書いた、佐藤愛子の作品『血脈』がドラマ化されて、それを見ていたらこの歌が出てきた、と言っていた。その後藤枝か静岡で講演した際にもそういう話をして、桁外れの腕白少年だったハチローの行状なども話していた。サトウハチローは短編集『楕《ほた》』や少年少女小説『ああ玉杯に花うけて』の作家佐藤紅緑の長子で、愛子はハチローの異母妹である。

小川は翌春、その歌詞の先は不明のまま世を去った。そして秋、藤枝文学舎を育てる会の講演会の後、事務局長の澤本行央さんの提案でカラオケ大会をやろうということになった。小川のカラオケ好きは有名で、歌謡曲、演歌、時にはシャンソン「枯葉」など、一晩に三〇曲近く歌ったこともあった。その小川の愛唱歌を澤本さんがリストにして、皆で歌おうというのだった。

この時になって私は、小川が覚えたがっていた歌のことを思い出したのである。それまでは探す方法も思い浮かばなかったのに、インターネットで検索すれば見つかるはずと気づいたのだった。今更のように、まったくとんまな話である。それはすぐに出てきた。「小雨の丘」。作詩サトウハチロー、作曲服部良一、一九四〇年谷真酉美が歌ったとある。

〈雨が静かに降る／日暮れの町外れ／そぼ降る小雨に／濡れ行くわが胸／夢のような小糠雨／亡き母の囁き／独り聞く独り聞く／寂しき胸に〉

詩を読んではっと胸を突かれた。ここには小川が晩年しきりに言いもし、随筆集『夕波帖』に書いてもいる描写の極意〈耳を澄ます〉が、そのまま詩になって置かれている。テレビで一度聞いただけの歌をあれほど覚えたがった理由がわかる気がした。

小川は自分を溺愛してくれた亡き祖母のことを、祖母の声に〈耳を澄ま〉して聞き取り、随筆で書きたいと言っていた。短篇「母さん、教えてくれ」にはこんな一節もある。〈これは自分の考えを記したのではない。死んだ母の声を聞こうとして耳を傾けただけだ。聖書は神の声を聞いて書き取った本だという。それと似ているのかどうか、とにかく、心を澄まして、鼓膜に響く声を、右から左にうつしただけだ〉。

小川が『マグレブ誘惑として』を執筆するにあたって、かの地を知るために読み込んだと思われる、エリアス・カネッティ『マラケシュの声』の訳者岩田行一は、同書の「訳者あとがき」にこう記している。〈《見る者》は主体と客体のあいだに距離を置き、いわば一切を対象化するが、《聞く者》は主体と客体の距離を没して、いわば主客一如となる。それは意識の深層に何ものかを喚起する感動の体験である〉と。

幻の『小川国夫との対話』

小川から私が最初に年譜制作を頼まれたのは一九七二年五月、集英社から刊行された対談集『かくて耳開け』の巻末に添付するためのものだった。そして評伝を頼まれるのは七四年九月、おりじん書房から刊行された一七名による共著『小川国夫光と闇』に収録するためのものだった。

このあたりの経緯や、以後もそれを続けるようになる顛末などは、『年譜制作者』で書いているので省略するが、年譜、評伝の前に、もう一つ『小川国夫との対話』をやろうという話があったことを書いておきたい。

年譜、評伝以前の話だし、話の始まりはグスタフ・ヤノーホ『カフカとの対話』からだったので、多分、六八、九年頃ではなかったかと思う。吉田仙太郎訳の同書が筑摩書房から刊行されたのが六七年一二月で、その本を卓上においての話だったのだから。吉田は『青銅時代』の創刊同人で、一号から三号まで「カフカとの対話」の翻訳を連載していた。そして一〇年後のこの時期に刊行していたのである。

「僕が話しますから、あなたが聞き手になってこういうことをやりませんか」と小川は言った。小説が書きたかった私は即答できず、考えさせてくださいと回答を保留した。小川は、小説で世に出ることは大変なことだということを言い、僕は必ず世に残る小説を書くから、と言った。『ゲーテとの対話』を書いたエッカーマンの話もした。

私は『カフカとの対話』と『ゲーテとの対話』を読んだ。気持ちは動きかけたが、しかしやるともやらないとも明確な態度を示さないままいて、小川はその後も二、三度その話を繰り返したあとは持ち出さなくなり、やがて年譜制作の話になっていったのである。

私があいまいな態度でいたのは、ヤノーホが巻末に書いている「この書物の物語」に遠因があった。孤独な少年だったヤノーホにとって、父の友人であるカフカは〈私的宗教の偶像〉だった。そしてカフカとのことを〈消し去ることの出来ぬ青春の体験〉として、〈思想の倉庫〉に書き連ねていったのである。その偶像がゆがむことをおそれて、カフカの死後刊行された多くの作品を何一つ読んでいない、とヤノーホは書いている。

私はこのような熱狂、文学作品や作家への情意とは異なる、一人の人間に対する熱狂に出合うのは初めてだった。その驚き。そしてそこに多分に、私はヤノーホと近似の性質を内在させている私自身を見てしまったのだと思う。それが私にあいまいな態度をとらせ、『対話』をやろうという小川の言葉に、素直になれなかった所以だろうと思う。自分のこうした性質に気づくと、それは恥ずべきことのように思えて、激しい自己嫌悪に襲われた。

ともあれ小川は、私のそういうヤノーホ的性質を交際の初期に見抜いて、私に『対話』や、年譜、評伝の仕事を託そうと思ったのではなかろうか、と私は思っている。

『夕波帖』考

想像力と暗示力

小川国夫の自装本が二冊になった。一冊は昨年（二〇〇六）一二月に刊行された随筆集『夕波帖』で、もう一冊は処女作品集私家版『アポロンの島』である。

最新刊の『夕波帖』は自筆漫画を使ったユニークなものだが、この本は私家版『アポロンの島』の装丁を踏襲して作られている。『夕波帖』における表紙内見開きのクレパス画、枯れ木に止まり夕陽に染まる鷲は、私家版『アポロンの島』では地中海沿岸の明るい午前の光の中の風景、青い空と海と白い家の油彩画（瀬島好正画）だった。『夕波帖』の〈夕波〉はこの地中海沿岸の午前の光が意識的に、或いは無意識的に作用した結果として採用されたものだろうと私は思っている。

また私家版『アポロンの島』には本文中に一枚だけ、ギリシャのデルフィにある彫刻アンティノウスの像の写真が綴じこまれているが、『夕波帖』にもシラクサのヴィーナス像の写真が一枚組み込まれている。こうしたこだわり方を見ても小川にとって『夕波帖』の装丁作業は、五〇年前の私家版装丁刊行の頃の気分をよみがえらせながらの楽しい作業だったと思われる。しかし、それが手放しで楽しい作業だったかどうかは、後記に〈たそがれの心境にゆらぎが起こる、そのひだを書き留めておこう〉と冗談めかして書いているところを見てもわからない。

小川は幼い頃から絵を描くことが好きで、療養のため休学していた小学五年生のときには、布団のうえにシートを敷き腹ばいになって水彩画を描いていたし、旧制志太中学、旧制静岡高校時代にはキリスト像や風景、静物などの油彩画を描いている。アフリカ取材旅行のあとで見せてもらった取材ノートには、現地人やオアシスの棗椰子《なつめやし》、ラクダなどのスケッチが描かれていた。そして最近は自ら小川漫画と命名する漫画を、仕事の合間にベージュ色の大判の用紙に黒の水性顔料マーカーで描いている。額に入れた数点を見せてもらったが、別室にはさらに数十点描きためてあるという話だった。『夕波帖』の漫画はその延長線上のもので、この本のために描いたものだった。

漫画で思い出すことがあった。評伝の取材で小川家を訪問したとき、母堂から療養中の体温を記録した〈温度表〉を見せてもらった。そのグラフの欄外にも漫画がすきまなく描かれていた。旧制中学・旧制高校の頃に小説の習作を試みたと思われるノートにも、漫画やスケッチがたくさん描かれていたのを見ている。それらの漫画やスケッチは、いわゆる漫画本の漫画とは違うものである。

　私は子供の頃漫画家になりたいと思った時期があって、田河水泡や横山隆一の漫画、小松崎茂のペン画などから、ペン一本で描く絵の描き方やさまざまな線の引き方、人や動物などの特徴の出し方や誇張の仕方などを盗み取ろうとしたことがあった。その頃の癖でいまだにらく描き帖を居間の卓上に置いていて、時たまだが落描きをする。落描きはなにをするよりも気が休まるからである。たいていはひとコマ漫画だが、コマ割りをして幾コマか描くこともある。吹き出しをつけてセリフを入れることもある。闘う男や馬を描けば、風や汗を流線やとび散る汗滴で表現する。一昔前の貸本屋隆盛の頃の漫画の描き方である。

　しかし、小川の漫画にはそうした風の流れる線やとび散る汗のような説明的なものはない。北斎漫画のように対象の一瞬の静止そのものだけがすっきり描かれている。この描き方も〈温度表〉の少年時代から変わらないように思われる。

　私の落描きはコマ割りの前後を意識して、力のかかる方向やスピードを描きこむというものだから、どうしても周辺に説明的な線が入ってしまう。このトカゲは走っているとか、太刀は大上段から相手のへその辺りまで振り下ろされたというような、描き手が頭で考えていることを弧線を引いたり擬音を書き込んで説明するのである。

小川の漫画にはそういうものはない。私は物語を描くが、小川の漫画は何が描かれていてもそこに自画像を感じさせる内省があるように思われる。この違いは漫画だからというだけではない。漫画でもそうなのだということである。

こんなふうに小川の漫画と私のそれを比較してみるきっかけをつくってくれたのは、「志賀直哉の教え」の以下の文章である。〈昔から小説の文章には、描写と説明があると言われましたが、私はこの考えかたに反対します。描写だけがあれば十分です。作者自身の意見を説明として持ちこむ必要はない、作者は目に見えるもの、耳に聞こえるものを書き写す役目に徹すればいい、と思うのです〉。

卓上の落描き帖を開いて、落描きから説明的な風の流線や汗滴などを消してみる。それでも漫画は、一応はみられるがどこか物足りない。説明に頼っていた分、絵が弱くなっている。成る程、こういうことなのか。だが、そんな漫画のことは実はどうでもいいことだ。肝心なのは小説の描写である。

考えなければならないのは、小川が〈描写だけがあれば十分〉というとき、そう言う小川が〈描写〉にとりかかる前提として〈今書こうとしている物語〉と〈しっかり抱き合う〉と言っていることである。書き手にはまず抱き合うに値する〈物語〉がなければならない。それがあったとして、だが〈抱き合う〉とはどういうことなのか。

鍵は、想像力と暗示力、ということになるのだろう。そう思うが、しかし、想像力と暗示力と言ってしまったのでは、〈抱き合う〉と言うこととは少しニュアンスが違ってくる。やはり〈抱き合う〉でなければならないのだ。いずれにしても書き手は〈描写だけがあれば十分〉という小川の言葉の奥に、底知れない試練を予覚しなければならない。

思い出すこと

「耳を澄ます」と小川が言うとき、その耳は〈想像力〉が形成する頭中の宇宙へ開かれた耳であることは改めて言うまでもないだろう。〈耳を澄ます〉と〈想像力〉は、この場合、多分同義語と考えてよいものだと思うが、ここでの小川は〈想像力〉という言葉を意識して避けているようにも思える。しかし、私は自分を納得させるために〈耳を澄ます〉という言葉は、〈想像力〉という言葉が感覚的に言い換えられたものであると考えるのである。

彼が〈耳を澄ます〉のは志賀直哉の教えの〈物語としっかり抱き合う〉、その〈抱き合う〉時だけではなく、〈抱き合う〉に値する物語をつむぎだそうとするときや、不可解なものを解明しようとするときにも〈あれこれ理論付けて勝手に結論付けるのではなく〉耳を澄ますのである。一例を小川は〈実験小説のたぐい〉と断ってこんなふうに書いている。

夢で見た場面である。四、五人の屈強な男にとり囲まれ、どことなくあわれを感じさせる娘が、せきたてられ、船のタラップを登っていく。その娘は小川のほうを向いて〈知らないでしょうから、伝えてあげてください〉と言う。そこで目が覚める。

たったこれだけのことだが、小川はおろそかにしない。これを〈小説にしようと思い〉〈ヤクをやっている青年を登場させ〉、彼らの声に〈耳を澄ます〉ことで、不可解な言葉の意味をつきつめていく。

もう一例はこう書かれている。〈慶応二年生まれの祖母をモデルにして小説を書きたいと思っていますが、祖母を私の一存でこしらえたくはありません。彼女に話してもらいたいのです。亡き人に話をさせるとは、どういうことなのか。一見非条理な試みに思えますが、その手順を考えるのが文学なのでしょう〉と。いずれの場合も〈まことの小説は〉〈耳を澄ます〉ことによって生まれてくるものだ、とする小川文学の作法例である。

抱き合うに値する物語が準備され、その〈物語としっかり抱き合う〉ことが出来れば、その時にはむしろ、ことさら〈耳を澄ます〉必要はなく、自然に〈見え〉〈聞こえてくる〉ものだとも語られる。そして〈場面がよく見えてきて、その上、登場人物の声がはっきり聞こえてきたら、それでもう小説は出来上がったようなものです〉と。

祖母のことを知りたいと思ったら、祖母に話してもらう。これは文字通りの意味ではノンフィクションの方法である。ノンフィクションでは話してもらいたい人物に会って、知りたいことを質問し話してもらう。小川は同じ方法で亡き祖母から話を聞く。違いは実在者か死者かである。実在者は訪ねて行けば会えるが、死者は耳を澄まして待つしかない。やがて死者は語り始める。死者に語らせるリアリズムである。

「父の言葉」には〈生まれて初めて夕焼けを見た人がいたら、これは一体何だ、と思うだろうな〉と言った父の言葉が紹介されている。〈校舎や地面や木々にも川にも、赤い光がしつっこく染みこんでいて、空にははらわたのような雲が渦巻いて〉いたグラウンドのわきを、父と連れ立って歩いたときだったと言う。これを読むと私たちは、反射的に「相良油田」(『生のさ中に』)の一場面を想い浮かべる。そしてそれがこの時の父の言葉から発想されたものであることを知るのである。

いつか彼が鱏の岩へ兄と来ると、そこに川上から夕陽が射していたのを、当たり前な眺めだとしか思わなかったが、きっと人間は馴らされ、騙されて、そう思うのだ、と彼は感じた。彼はたよりなげな口調で、突然いった。

――先生、世界に夕焼ってものがなくて、或る日急に夕焼が見えたら、みんなよく見るでしょうね。

――……。

――地球が出来てから無くなるまでに、夕焼が一回しかなかったら、その晩には気が狂う人が出るでしょうね。


「母の言葉」には、幼少年時代と無名時代の小川を案ずる母の言葉が記されている。私は評伝のための取材で、母まきには幾度も会っていたから、こうした小川の耳に残る言葉も直接耳で聞いている。前後の言葉もごく自然に思い出すことができる。

まきという人は言葉を生き物のように扱う方だった。記憶の言葉はいまも私の耳で生きている。この取材では多くの人から話を聞かせてもらった。ひとつ心残りは、父富士太郎から話を聞くことが出来なかったことである。幾度か顔を合わせているし、その都度取材を申し込んだのであったが、それはいずれもまきへの取材で自宅を訪問しているときだった。冨士太郎は訪問中に帰宅したり、手洗いを借りに廊下を通ると部屋の障子を開けて琵琶の手入れをしていたりして、お話をお聞かせいただきたい、と申し入れたのだった。しかし、それをまきが聞きつけてすっと現れ「国夫は私が育てた」と言って冨士太郎には話させなかったのである。何がまきにそう言わせたのか、私は知らない。一度だけ、それもひと言だけ聞くことが出来たのは「国夫が私に言ったのは、孤独の部屋が欲しい、ということでしたよ。それで大森へ建ててやりましたよ」という話だった。

取材当時の私は多忙な会社勤めをしていて、平日の取材活動はできなかった。それで冨士太郎を事業所へ訪ねて行くことができなかったのである。

小川が「父の言葉」に〈彼はいつも気安く、父親風を吹かしたことはありません〉と書いているのを読むと、あれだけの時間と労力を注いで書いた評伝に、冨士太郎の言葉を書きとめて置くことができなかったことが悔やまれるのである。

しかし、そんないい気なことを言っていられない悔いも残っている。小川は昭和二年一二月二一日の生まれだが、このくだりをまきは〈国夫が生まれましたのは夜でしたけど、あいにくその時分から霙が降り始めましてね。産室に寝ておりましても冷たい隙間風が刺すように入ってくるでしょ、こんな寒い晩に生まれてきて、この子はいったいどんな子になるだろうか、と思いましたですね〉と話したのだった。私はこの言葉を評伝に書いた。しかし後日目にした臍の緒の包みには〈午後二時三十分〉と出生時間が記されていたのである。どこを聞き違えてこういうことになったのか、このことはやがて私に、語られる言葉、聞きとる言葉としての〈事実〉、というものについて考えさせることになる。

感覚表現への開眼

小説の作者とは感覚の総括である、とする小川国夫の作家論「耳を澄ます」は、作家の存在は感覚と一如であるとする論考で面白い。以下はその核心のくだりである。〈考えてみると、小説の作者とは聴覚です。それから、視覚です。五感だとするのが正確かもしれませんが、しかし、五感も便宜的な分けかたですから、感覚の総括とでも言うほうがいいかもしれません。たがいに色層がにじみ合った虹のような束とでも……。虹は光を映しているだけの無ですし、五感もそうです。こう思って、それならば、小説の作者は限りなく無となろうとしているのか、と考えます〉。

そして以下は、パリ、エドモン・ロジェ街から投函された昭和三一年二月一六日付の、小川から丹羽正への手紙である。尚、小川国夫の手紙の引用は、『小川国夫の手紙』（丹羽正編）に依っているが、全紀行『ただれる虹』『予期しない照明』に収録の一二通のうち、加筆修正箇所のあるものはそれに従っている。

〈十一日、グルノーブルから南仏へ来た。カミュや、スタンダールの書物は、グルノーブルへおいて来た。南仏が、これらの書物より、僕をとらえる。ここの魅力は絶対なのだ。（中略）日本にいた時、僕は、（中略）、物を単に、形とか、質とかを通して見ていた。（中略）だから、自分本来の感情は、とじこめられていた。

たとえば、今、目の前にある海は名の如くAzurだが、それ自体が僕をとらえるわけではない。白い波でも砕ける陽でも、その音でもない。ましてや椰子の並木でも、日傘の松の並木でも、そのプロムナードにそった建物でも、クレヨンの箱みたいな日よけの幕でも、耀く虫のような自動車でもない。一般的に快さの理由を分析して、自分に説明するのではない。僕が、貝がらや花を見て、利己主義を起したように、僕は心の中に帰って行くのだ。そして、もっと孤独な、自分勝手な見方に身を任せるんだ。思い出か、予感か、それさえ見当のつかないものが、海のように、光のように満ち、遠い白い建物のように、異国的な樹々のようにたちならぶ。僕にはこの状態が幸福なのだ。心の充実が幸福だろう〉

私たちはこの手紙を読んでただ驚くほかはない。「耳を澄ます」よりおよそ五〇年前に書かれたこの感覚への開眼の瞬間の歓喜が、「耳を澄ます」に書かれた〈感覚の総括〉という境地に到達したときの感慨にぴたりと重なっていて、そこにいささかの違いもないことに気づかされるからである。

しかし、日本語を愛しその表現の可能性の極限を追求してきた小川が、いま描写について語るのにただ単純に〈耳を澄ます〉とだけ言うとき、私たちはその言葉の単純さに惑わされて、それこそ単純に描写は耳を澄ませばできるなどと思ってはならないだろう。ここに至るまでに作家によって試みられた文体の数々、その長い道のり、変化の過程などに眼をやり、見落とすものがないようにしなければならない。そしてその端緒が、昭和三一年の手紙に見てとれるということも。

〈カミュや、スタンダールの書物は、グルノーブルへおいて来た。南仏が、これらの書物より、僕をとらえる〉。この言葉は象徴的である。知に封じ込められていた感情は、南仏の光の中で解き放たれたのである。小川の滞欧経験における最大の収穫は、この南仏での感覚全開の経験にあったと私は思っている。

同年七月七日、小川はフランス郵船カンボジャ号で帰国する。そして九月、大森に完成した〈孤独の部屋〉で創作活動に入り、「香港」（五三枚）を書き上げる。

〈まだ身内にうごめいていた船旅の気分から浮びあがった活劇〉であった（「或る過程」）

と小川はこの作品について書いている。この原稿は義兄金澤謙の兄で学習院大学教授だった金澤誠に預けられた。誠は当時は『文體』の編集長を退いて間もない頃だったが、この作品を『群像』へ持ち込む。しかし、掲載されることなく、やがてこの原稿は行方不明になってしまう。

私の目下の関心は、小川の南仏における感覚全開体験が、作品にどのように表出されて行ったかという点にある。行方不明の第一作「香港」は読むことができない。第二作は「リラの頃、カサブランカへ」(九七枚)だった。小川はこの作品を東京大学教授の吉田精一のところへ持って行った。フランス留学の直前に吉田を介して「東海のほとり」と「動員時代」の二編が『近代文学』に掲載されていた。吉田は『近代文学』の編集委員荒正人あてに紹介状を書き、それを原稿に添えて持って行くように小川に言った。小川は原稿を荒正人に届けた。しかし、この作品も掲載されることなく戻されてきたのだった。

「リラの頃、カサブランカへ」の主人公李は、自分だけの恋人と思いこんでいたパリ娘アンリエットの浮気現場を見てしまい、激高し殺してしまう。そして、セネガル人の友人ココスウの単車でパリを逃れ、スペインへ出国するためにリラの咲きかえる南仏の白い町ビアリッツの領事館へたちよる。その李が、別荘風の家々の垣根にそって歩くときにも、リラはどこの庭にも盛り上がっている。〈かもめとリラと海の上のプロムナード、派手なパラソル、服装……。しかし、俺の中の、はるかなビアリッツは白い町だ〉と小川は書いている。

これを書くときにも〈まだ身内にうごめいていた船旅の気分〉があったのだろう。しかしそれ以上に、南仏における感覚全開の〈幸福〉を報告した丹羽への手紙の延長線上で書かれた作品という印象の方が強い。丹羽もそう思ったのではないか。当時岡山にいた丹羽は小川からこの原稿を郵送され、読んですぐに以下のような感想を書き送っている。

〈こういう作品は、ある部分で、フランスを直接感じさせるけれども、君が今後もこのまま突っ走ってしまったら危険だ。作者は自分の位置を見失ってしまうだろう。自分の中の混沌を意識したり、行為の非条理を反省したりするキッカケを、このままでは掴むことができない〉

小川は内省しただろう。また帰国後半年が過ぎて〈船旅の気分〉も静まってきていたはずである。以下は小川から丹羽に宛てた一二月六日付けの手紙である。〈僕が十二月一杯に書き上げてしまいたいと思う構想は、「アポロンの島」というもので、多島海のミコノス、デロス両島での日々を骨子として、筋立てはなく、僕の感覚的表現の限界を見てみようと思っている〉。

感覚表現と利己主義

「アポロンの島」は予定通り書き上げられ、それを見せられた丹羽正は〈本来の行き方はこれではないか。僕は君のことを、自分のことしか書けない人と思っていた。これでいいのではないか〉と書き送っている。

丹羽のこの言葉は確信に満ちている。こういう言葉は旧制静岡高校時代からの深交によって、丹羽が予感として抱きはじめていた小川の作家像がふまえられていると言ってよいだろう。

丹羽は、小川の滞欧経験が丹羽自身の経験でもあるような、経験を共有しているような錯覚に陥ることもあった、と書いている。手紙の受領者であった丹羽は、当時は岡山大学に奉職していて、大学と住まいの間を往復するだけの刺激のない暮らしぶりだったらしい。丹羽にとっては未知の憧れの大陸。そのヨーロッパやアフリカの町での出会いや見聞を伝えてくる小川の手紙は、丹羽に身の震えるような緊張と陶酔をもたらしたに違いない。

後年、丹羽が編者となって刊行した『小川国夫の手紙』によってこれらの手紙を読んだ私は、それらをごく自然に「アポロンの島」等の滞欧経験に材をとった作品群とかさね合わせていた。するとある時、ふいにスタンダールの『エゴチスムの回想』が頭中にあらわれたのである。これはスタンダールが、それまでの作られ語られる物語文学に抗して、自らの生を直視して書いた自伝である。無論、スタンダールのそれと小川の作品や手紙は同質のものではない。スタンダールが用いたエゴチスムの意味と私が思い当たった小川のエゴチスムの意味は異なっている。しかし小川の作品や手紙は、まさしく彼の〈エゴチスムの回想〉であろうと私は思った。作家志望の青年の視界と内面に渦巻くものが、感覚表現というエゴチスムに徹することで初めて得られる表現方法によって表出されている。そういう手紙であり作品であると。

「アポロンの島」は〈自分のことしか書けない人〉と小川をみていた丹羽が、〈これでいいのではないか〉と言っているように、小川のギリシャ旅行体験にもとづく自伝的作品である。誤解がないように断っておくが、丹羽の言う〈自分のことしか書けない人〉というのは、自分のことを書くことによって、書くべきことを書ききることの出来る人という意味である。小川は旧来の小説の文体、ロマン主義によりそった文体を拒んで、己の感覚だけに信をおく表現、己の感覚によって認識したものだけを存在とする、感覚の存在論を表現手段として創作することを決意したのである。先に引用した滞欧時代の手紙における〈利己主義を起こす〉と、帰国して「アポロンの島」に取りかかる直前の手紙の〈感覚表現の限界を見る〉は、従って同義であって表現方法の進化経路を示すというようなものではない。すでに滞欧中からこの方法で書いていくことを決意していたことが、ここでも立証できるということである。

小川は〈自分のこと〉を書くために〈感覚表現の限界を見てみよう〉と自らを律したときから、表現上の厳しい道を歩み始めるのである。こういう方法は本来、詩や絵画が追求してきたものだろう。感覚的表現を長文の小説の文体に取り入れることは生易しいことではないはずだ。物語を物語ることなく、物の醸す状況を感覚で写し取り、写し取ったその物に語らせるということは、そのこと自体気の遠くなるような作業である。作家を職業として世に出る決意を固めながら、あえてこういう方法を選ぶのである。

〈カミュや、スタンダールの書物は、グルノーブルへおいて来た〉。そのカミュは小川に不条理を認識させるが、カミュが不条理への反抗を直截に語るようには小川の意識は外界へ向かわず、逆に内向していく。不条理は小川の内に一旦憂鬱をともなって沈殿するのだ。が、やがてそれは濾過され、例えばキリストの受難、刑場へ引かれ下りていくキリストを直視した「枯木」のような作品として、感性がもたらす秩序に置き換えられて作品化されるのである。これは多くの画家たちが聖書をモデルに聖画を描いたように、絵画の言語が語り継いできたもので、小川はこれを文学の言語に置き換えて描いたのだということが言えるだろう。この場合の表現はあくまでも感覚表現でなければならないのである。

「アポロンの島」はギリシャのミコノス島へ立ち寄った日本人青年旅行者浩を主人公とする三人称小説で、その体験や見聞が淡々と描かれている。自伝的作品でありながら三人称で描かれるのは、自らの生を感覚的に表現するために客観的視座が必要だったからだろう。読みどころはその〈感覚的表現〉によって表出された世界の鮮烈な存在感である。

孤独な一人旅の浩はグルノーブルからここへ〈足が地面へつかないように旅行して〉きた。束の間接触するポーターなどとの齟齬からもたらされるストレスもたまっている。そんな浩の内面を朝の光の描写が際立たせる。

〈旅行中に考え耽《ふけ》って、眠れない夜が続いていた。疲れていたが、眠れないままに迎えた朝が多かった。透徹《すきとお》る朝の空気の穏かさは不安だった。（中略）木のドアから漏れていた月の光は、朝の光に変って行った。浩はそれをずっと見ていたが、それでもドアを開けてバルコンへ出た時、明るさは意外だった。空は真白い壁の稜《かど》で切り取られていて、すぐそばの天井のようにも、遥《はる》かにも感じられた。壁はここの人が空を見る時の額縁だった。廊下のような路地には隈なく反射光があった〉

浩が島で知り合ったジャン・ピエールは丘の頂上へ登りながら、〈この小島では、不安がなくて、永遠に今日のように静かな気がします〉という。そのピエールが一足先にピレウスへ向かう船便で帰っていく。翌朝、浩は部屋へきた宿の小母さんの身振りで、〈不安がなくて〉と言っていたピエールの船が沈んだと思い込む。土地の言葉がわからない旅行者たちは大騒ぎになるが、やがてペルシャ人のヨットに雷が落ちたことを言っていたのだとわかる。小川はこの作品にあえて言葉が判らないという伝達の欠落状況を設定して、難度を高めた〈感覚表現の限界〉に挑んでいるのである。

実体として位置づけるもの

「アポロンの島と八つの短篇」として「アポロンの島」と同時期に書かれた短篇群は、本多秋五の脳裏に深く刻印されたようである。『近代文学』同人の本多は、東京大学の学生であった小川国夫が吉田精一を介して「木暮皓一」という作品を同誌に持ち込んだとき、この作品の題名を「東海のほとり」と改題して同誌に掲載した人である。当時、本多は荒正人、佐々木基一らと同誌の編集委員をしていた。

『近代文学』の同人会議は本郷の学士会館で行われていたが、ある日の会合の折、本多は荒から『近代文学』に載せられるかどうか読んでみてくれ、といって小川の「木暮皓一」を渡された。〈読んでみて、載せていいものだと報告した。ただし、題名は、小説の題になっていない、変える必要がある、といった。それなら君つけろ、というような問答があったのだろう。もとの題が特殊的すぎるのに対して、これは一般的で広すぎると思い、ストリンドベリーの「北海のほとり」に似すぎるのがまずい、とも思いながら「東海のほとり」とした。今見ると、小川国夫の題名のつけ方の系列からとび離れていて、いい題とは思えない〉と本多は「『近代文学』との関係」のなかに書いている。

そういう本多だから『青銅時代』創刊号が郵送されたとき、そこに掲載されていた「アポロンの島と八つの短篇」はすぐに読んだはずである。そしてこの直後の『群像』合評会での、北原武夫の「最近の同人誌には、よいものは載っていない」という発言を受けて、「そんなことはありません。小川国夫という人が『アポロンの島と八つの短篇』というのを書いていましたが、大変感心しました」と発言したのだった。本多が「アポロンの島と八つの短篇」のどういうところに〈大変感心〉したのか、それはこの時の対談の発言では触れられていない。想像してみるしかないが、その一助として、同じ『近代文学』同人の佐々木基一の「譬喩の文学へ」(『リアリズムの探求』)における以下の一節を引いておきたい。

〈先頃『新日本文学』（九月号）の座談会速記の中に、生のリンゴを描くべきか、生のでない人工的なリンゴを描くべきかということで議論が闘わされていた。生のリンゴを軽蔑する風潮は全く植民地的な精神の産物で、トコロテンみたいな人間になっていることを自ら知らない者の言い草だと中野重治がきめつけると、これに対して、本多秋五が、生のリンゴではあき足らないという気持ちがあり、作品を書く場合にも直接的経験、直接的感動というものを一度否定した高いところに出て書いてみたいというのが、本当の創造ではないかと述べている〉

先に私は小川の「枯木」に触れて〈憂鬱を沈殿させ、感性がもたらす秩序に置き換えて作品化〉していると書いた。本多のリンゴの例えもそういうことを言っているのだと思う。小川は帰国第一作の「香港」、第二作の「リラの頃、カサブランカへ」等で直接的経験、直接的感動に近いものを書いた。しかし、それらは南仏の白い風景や地中海沿岸の単車旅行、マルセイユから横浜へという長い船旅の熱気を気化するために必要な回廊だったのだろう。それらが静まったあと〈感覚表現の限界をみようと思っている〉という決断がなされるのである。

さて話を『夕波帖』の「耳を澄ます」における〈小説の作者とは（略）感覚の総括（略）

それならば、（略）作者は限りなく無になろうとしているのか〉に戻して先をすすめることにしたい。とはいえ困ったことに、この言葉はあまりにも単純化されていてよくわからない。どのように考えていっても、茫漠とした空に置き去りにされてしまう感じがする。

なぜ拠り所のない空に、そう思ってぼんやり考えていると、ふっと小川が真継伸彦との対談「仏教とキリスト教」のなかで、以下のような発言をしていたことを思い出した。

〈（人間が）生まれてくるということ自体、神の意志なんですが、同時に、神の意志が支配している世界に生まれてくるということ、つまり誕生の瞬間に、人間は《内面》を与えられるんです。個を与えられるということ、その日から彼は不可避的に主観的な存在になってしまい、客観的では決してありえないことになる〉と。このことは〈感覚的表現の限界を見てみようと思っている〉という決意の前提となるもので、そのためにエゴチスムに徹することになる精神の方向性に合致している。しかし、己の感覚を存在確認の唯一無二の方法とすることは、〈神の意志〉によって〈生まれてくる〉ことを信ずること、〈神の意志が支配している世界〉に生きることを自覚するということと矛盾しないのだろうか。

真継はこの対談の冒頭でこんなことを言っている。〈（『マルテの手記』でリルケは）信仰をうしない故郷をうしなって、自分の赤裸々な実存をみきわめつくそうとする所で、マルテは、私はうつろいやすい印象であると書いているんですね。実際私なども、自分の意識の流れというものを反省してみると、自分が移ろいやすい印象であることが、自分自身のむなしさとなって痛感させられるんです。（中略）そういう自分のだらしなさといったものを、つい酔ったまぎれに小川さんに告白したことがあるんです。しゃべったのは寿司屋で飲んでいた時だと思うんですが、それから数時間経って旅館にまいりましてから、小川さんが不意に私の耳もとに口を寄せて、そういう移ろいやすい自分を、実体として位置づけるもの、いわば移ろいやすくないものに変えるのが神だと、おっしゃった〉。

神の意志を、創造における秩序、と言い換えることは可能だろう。〈限りなく無になろうとしている〉もの、その〈移ろいやすいもの〉を〈実体（＝作品）として位置づける〉、それは神ならぬ作家の仕事であろう。作家は〈限りなく無に〉近いところでそれを実行しなければならない。小川は日常的な自分、憂鬱や不安のような、外部との関係において絶えず変化していく頭中の気象、そういう状態が常態であるところの自分という存在、その〈移ろいやすい印象〉、そういう〈印象〉を〈実体（＝作品）〉として位置づけるために、〈感覚表現〉をもって臨む道を選んだのである。本多が〈大変感心〉したと発言したのは、そういうところを指してのことではなかろうかと私は思っている。

解纜の精神

さながらに　朝明《あさけ》の風に目醒《めざ》めたる
巨船《おほふね》と、わが魂は
夢幻　遙かなる空に向ひて
出船《いでふね》の　纜《ともづな》を解《と》く

（「踊る蛇」ボードレール『悪の華』・鈴木信太郎訳）

現代性について

私は小川国夫年譜の制作と伝記的評伝の執筆に長い時間携わってきた。作家の日常の消息だけをひたすら追い続けて来たのである。同時代人であるための並走がもたらしたものである以上、この時間についてはいたしかたないことだったと思っているが、その間、作家の〈年譜的伝記的事実〉について問いかけてくる人はあっても、小川文学について問いかけてくる人はいなかったから、私が小川文学をどのように読んでいるのかということについては、ほとんど書きも語りもしないで来ていた。

ただ、先年、年譜的事実の調査に際して、作家と年譜を制作する者との間に生じた葛藤を『年譜制作者』と題して書いたとき、想像に生きる作家と事実だけがよりどころの年譜制作者の問題を〈想像と理性の相克〉として、そこにヴァレリイの『ドガに就いて』を持ち出したりしたので、或いは、私が小川文学に見ているものについて、見当をつけた人がいたかもしれない。

ヴァレリイの『ドガに就いて』は、ボードレールの「現代生活の画家」における「記憶の芸術」に照応していて、このボードレールがG氏（ギース）を論じたものが、ヴァレリイの思想の源泉になっていることは確かであろう。

その「現代生活の画家」に、以下に引用する部分を核として、「現代性」について論じた章がある。

現代性とは、一時的なもの、うつろい易いもの、偶発的なもので、これが芸術の半分をなし、他の半分が、永遠なもの、不易なものである。（阿部良雄訳より）

この「現代性」の理論こそ、小川文学の理論の根幹となるものであって、彼はここから出発したのだというのが私の見解である。ドミニック・ランセの言い方を借りれば、ボードレールのドラマは〈……理想は瞬間に属し、憂鬱は時間、持続する時間に属する〉ということになる。

小川の最大の関心事は言葉である。人は憂鬱な日常に耐えて生きなければならない宿命を負っているが、それ故に生きる希望をもたらす言葉、光になる言葉を必要とし希求する。彼はそうした言葉を探究することを使命と考え、言葉によって理想郷を構築したいと考えている人だと私は思っている。

救いは人のこころを支える言葉にこそある、……それが信念といってよいだろう。そのために彼は、人の心の機微を想像力で覗き込み、その本質を明らかにして、うつろい易い心を支える言葉を発見し、そこに永遠性を付与することを至上のことと決めたのであろう。それが彼の文学理論だと私は考えている。

私はいま、全く年譜制作者らしくない仮説の視点から書き始めようとしている。彼にフランスへの留学を促し決意させた最大の理由は、そのボードレールへの傾倒にあった、とする仮説から。

小川がその文学精神の形成過程で血肉にして行った先達の精神を、彼がこれは誰某の理論というふうな意識を持って吸収したかどうかはこの際私の関心事ではない。彼の文学はどういう理論によって書かれているのか、そしてその理論の形成には主としてどのような先達の精神が関わったと言いうるのか、それが目下の関心事である。

彼は東京大学文学部国文科で西鶴を専攻するが、フランス語はすでに旧制静岡高等学校時代に、藤枝教会の若いフランス人神父が信者の家を訪問するときに通訳として同行していたくらいで、自由に使いこなしていた。ボードレールも原書で読んでいただろう。

彼はボードレールの「現代性」の理論を我が物として、日本文学の中で特異な文学者として立つ予感を抱いたのだ、と考える。卒業論文を提出すれば卒業できるところまで単位をとってあったが、周囲の反対を押し切って断固としてパリへ向かうのである。尤も、小川自身はそんなふうには言っていない。〈私はフランスへ行こうと思った。唐突な決心だけれど、印象派の画家に対するあこがれ、フランス人司祭との交際で得たものが、思いつきの培養池になっていたことは間違いない。つけ加えるなら、往時私は人並みにサルトル、カミュも愛読していたが、その影響も考えられなくはない〉(『小川国夫作品集』第三巻「作品集後記」)というわけである。無論、こうしたものはあっただろう。しかし、私は彼のこうした発言はあまり信用しない。肝心なことは教えないのが作家というものだからである。文学の核心は立証による知ではなく、想像による救済にあるのだから。

或いは、こういう言い方が出来るかも知れない。彼は一九五三年一〇月渡仏し、翌年九月、スペイン、北アフリカへ、翌々年七月、イタリアへ、九月、ギリシャへ、それぞれ四〇日間の単車旅行を行なっているが、この膨大な距離の無謀な旅行を、ボードレールの「現代性」の理論を念頭に置いて、体験と内省を繰り返しつつ実行したのだ、と。その間には『悪の華』における「高翔」「照応」「腐屍」等の詩篇が脳中を去来することもあっただろう。そして、帰国すると間もなく、その成果を検証しつつ「アポロンの島」等の執筆へ向かったのだ、と。

一九四七年一〇月、小川は藤枝教会でカトリックの洗礼を受ける。以下はこの日に続くノートである。

本日犯したる罪。

友達に対して憤怒の感情を抱いた。

お祈りをしながら、姉に対して憎悪の感情を抱いた。

食物に対して不満を持った。同時に母に憎しみの感情を抱いた。

父に対し憎しみの感情を抱いた。そして、軽蔑の言葉を吐いたこと。

父に対し軽蔑の言葉を二度吐いたこと。姉に憎悪の感情を抱いたこと。

父に対し憎悪の言葉を抱いたこと。

（以下、延々と続く）　　　　　　　　　　　　　　　　　　（『評伝小川国夫Ⅱ』参照）


この告解のためのノートに記された彼の内奥の闇は、この時期、聖書を鏡にこうした具体的な言葉で自覚されるようになる。

この純粋さへの渇望と責め苦は、ボードレールの言葉でいえば〈憂鬱〉というものである。その憂鬱が小川において特徴的なのは、激しい苛立ちの感情のあとにやってくる罪の意識であり、それを悔い、救いを求め、安らぎを得ないではいられない心の波動であり、痛みである。


この時期の彼は、それを告解の場で言葉にし、委ねるしか解消の方法を持たなかった。

やがて、その告解による浄化は文学へ向けられ、当初は、志賀直哉のように情調を直截に吐露する方法で原稿用紙へ吐き出すのである。そうして書かれたのが処女作「東海のほとり」だった。

「東海のほとり」は、思春期の少年の内にうごめく性を書いて人間の本質にせまる作品である。性欲は同性異性の区別なく湧きあがり妄想がそれを煽る。〈少年〉という特異な器に封じ込められた精神と肉体の熱い闇である。情調の吐露は以下のように具体的である。

その朝も、通学の途上想像にふけった、小暮と酒井教諭の奥さんのことを……。想像に、私と小暮と奥さんとで、目も遙《はる》かな野でコンヴェルザツィオーネをしている。それは今日のように明るい初夏だった。陽と野と愛と体などを、私は道の石を見ながら、繰り返し繰り返し思い続けて行った。

コンヴェルザツィオーネ（conversation）には、談話や会話などのほかに、性交という意味がある。〈私と小暮と奥さんとで、目も遙かな野〉の明るい初夏の陽の下でそれをしているところを、〈私〉は石を見ながら思い続けるのである。

一九五三年一〇月、彼は渡欧直前にこの作品が掲載された『近代文学』を受け取る。そして、それを旅行鞄に入れ、船に乗りパリへ向かうのである。

しかし、そのパリで、傾倒していたボードレールの一切を呼吸した彼は、情調の直截な吐露という志賀直哉のロマン主義的方法に決別するのだ。

人間は憂鬱から解き放されることのない業の生き物で、それが人間の常態というものである。本来この一点に向けて浄化の言葉を注ぐのは、宗教であり、詩であった。小川はそこに、限りなく沈黙に近い詩的散文で独自の領域を築こうと決心したのだろう。人間の本質を明らめ、根源的な言葉によって生きる支えを打ち立てようと考えたのだ。この瞬間から、憂鬱という常態は彼によって肯定され、そこに一瞬の至福とでもいうべき安らぎを発見すべく、〈憂鬱〉のさ中をさすらう彼の生活が始まったのである。そして、この時から〈情調の吐露〉は、永遠性を付与された言葉へと変容して行く。

小川の眼はここに向けられている。このうつろい易いものに永遠性を付与すること、その一点に。

「アポロンの島」（一九五七年）は、こうした彼の憂鬱が理論を得て結晶した作品である。

ギリシャ遺跡を見に行く日本人青年旅行者が、地中海沿岸を単車で旅行するとき、彼の内奥にあるのは生活の次元の憂鬱であり、時に一瞬訪れる至福のような慰めだった。その至福は時には自然から、時には人からもたらされた。

以下は、その憂鬱のさ中で至福のような光を浴びる瞬間が書かれている、「アポロンの島」の中の象徴的な場面である。


今夜は眠れればいいがな……　と浩は思った。旅行中に考え耽《ふけ》って、眠れない夜が続いていた。疲れていたが、眠れないままに迎えた朝が多かった。透徹《すきとお》る朝の空の穏かさは不安だった。闇の中で繰り返して同じことを考えていた自分は、この朝の光の中では、もっと澄んだ意識を持っていなければならないように感じられて、浩は早くても起きた。睡眠不足が重《かさな》っているわけだった。しかし、日中それを精神的にも肉体的にも感じなかった。その夜も浩は眠り残されたようだった……。

木のドアから漏れていた月の光は、朝の光に変って行った。浩はそれをずっと見ていたが、それでもドアを開けてバルコンへ出た時、明るさは意外だった。

空は真白い壁の稜《かど》で切り取られていて、すぐそばの天井のようにも、遙《はる》かにも感じられた。壁はここの人が空を見る時の額縁だった。廊下のような路地には隈なく反射光があった。

眠れない不安、疲れ、闇の中で繰り返し考えること……光の中では、もっと澄んだ意識を持っていなければならない……、こうした呻き声がともなうがために、憂鬱は光を得て至福にまで高められ、美に変容し、永遠性を獲得するのである。

島の散策に出かけた丘で、同じ船で来た旅行者のジャン・ピエールは、

この小島では、不安がなくて、永遠に今日のように静かな気がします。

と浩に言う。至福の直中にいる人の言葉は、ここに至って定まり永遠性を獲得する。しかし、それすらも束の間の幸福に過ぎないことはすぐに知れる。雷雨の一夜が明けると、先に船で発った人達の遭難の不安が小島に残った旅行者達を襲うのである。

憂鬱が常態である以上、至福は訪れても一瞬であり、心はたちまち常態である憂鬱に戻るのである。こうして人生は憂鬱の連続の中に一瞬の安らぎを得つつ流れて行くのだということが暗示される。

この文学理論が彼の内で終始一貫していることは、「アポロンの島」の執筆から四〇年を

経た最近作をみれば明かである。

「オディル」（九七年）は、南フランスの葡萄農家を訪ねた日本人青年野崎と、少女オディルを中心とするそこの人々との数日間を描いた短編である。

オディルの大好きな叔父ミカエルは神父として日本へ行き、オートバイで事故を起こす。幸い傷は癒えいまは元気になっているが、休暇は七年後でなければもらえず、すぐに帰郷することはできない。肉親の間にはそれとない不安（憂鬱）が広がっている。野崎はパリへ行く途中、そんなミカエルの日本での様子を報告するために立ち寄ったのだった。

この作品に登場する全ての人々を統一するのは、慎ましやかな愛の秩序である。なかでもオディルは、遠い日本にいるミカエルへの思慕の念を野崎に重ねて、少女らしい清純な献身の愛で彼に接するのである。朝食を彼のベッドへ運ぶことに喜びを見出し、買い物に出かけた村道では腕を組んで来る。

そして、かつてミカエルと見た鷹の舞いを野崎と見ることで、ミカエルによってもたらされた至福の瞬間をよみがえらせようと、彼を渓谷へ伴って行く。

ドゥー渓谷の対岸は断崖で、頂上の近くに巣がありました。上からこぼれた土が、明るい灰色の岩肌を汚しているあたりに、土と同じ色の鳥がうごめいていたのです。オディルはすぐに見てとったのですが、私にはわかりませんでした。彼女に言われて、私がまごついていますと、鷹は翼をひろげ、悠然と舞いたちました。急流のように高度を下げながら、すぐそばを掠めて行き、私たちはその腹を見てから、背を見たのです。鷹は谷を伝わって行き、小さくなって凧のように静止したと思ったら、また降下して風景にまぎれてしまいました。

衝撃的な印象でしたから、あたりが静まりかえったようでした。しかし、それきりでした。もう姿を現しませんでした。

——しばらくしたら、獲物を摑んで戻ってくるよ、とオディルは言いました。

私たちは一時間以上待ちました。その間、手持ちぶさたになったオディルは、

——ここへはミカエルと一緒に来た、と話しました。

——ミカエル神父も鷹を見るのが好きだったの、と私は訊きました。

——とても好きだったよ。わたしが探しに来たら、ミカエルが一人で、その石に腰かけていたこともあったよ。

その石とは、私が坐っていた石のことでした。そして、オディルは自分が坐っている別

の石を指して、

――わたしはこの石に坐っていたの。ミカエルが勉強していたから、わたしは待っていたの。


一瞬の鷹の舞いは、あたかも自在なズームレンズがとらえた映画のスクリーンを見るように、美しい動きのままにとらえられ、鷹の通ったあとの静寂の宙に、黄金比の軌道美を想像させて印象的である。

オディルは、その宙に描かれる美しい絵に見入る野崎のそばにひっそりと寄り添っている。彼女にとって野崎は、いまや大好きなミカエルの最も近いところにいる大切な人なのである。

ミカエルの石に野崎が坐り、オディルの石にオディル自身が坐るという至福が、この美しい絵を見るのに相応しい席として設えられてもいる。

こうして、その美しい一場の絵と献身の愛がもたらす清澄な音楽のような空間は、作家によって永遠性を付与され、さりげなく置かれている。

この「オディル」の舞台は、マルセイユからおよそ一五〇キロの位置にある葡萄産地ヴェルジェーズ村である。そしてモデルは、小川と親交のあった静岡教会の宣教師ロジェー・ボンタンと、その兄で、ヴェルジェーズ村の農業協同組合長をしていたアンドレ・ボンタンとその一家である。一九五三年一〇月一五日、ラ・マルセエーズで横浜港を発ち、一一月一三日、マルセイユ港に着いたとき、小川を埠頭に出迎えたのがアンドレ・ボンタンだった。ここでの「年譜的伝記的事実」については『評伝小川国夫・第二部・海の声』の「ラ・マルセエーズ」の章で詳述している。

照応

前章で私は「最も年譜制作者らしくない仮説の視点から書き始めようとしている」と断った上で、小川はボードレールの「現代性」の理論の影響から纜《ともずな》を解いた、と書いた。そしてその理論に基づく読み方を示したが、では年譜制作者らしい視点としてはどのようなことを念頭に置いていたのか、ということを明らかにしておく必要があるだろう。

ボードレールが「現代性」(「現代生活の画家」四章)や「照応」に示した理論は、それよりおよそ一世紀半前に、芭蕉が、〈不易流行〉や〈さび、しおり、細み〉について、句会での句評で述べた理論と同じである、と言ってよいだろう。

去来抄の記述は以下のごとくである。

去来日、「蕉門に千歳不易の句、一時流行の句と云有り。是を二つに分て教え給へる、其元は一つ也。不易を知らざれば基たちがたく、流行を知らざれば風新たならず。不易は古によろしく、後に叶ふ句成故、千歳不易といふ。流行は一時一時の変にして、昨日の風今日宜しからず、今日の風明日に用ひがたき故、一時流行とはいふ。はやる事をする也」

ボードレールを芭蕉と言い換えてもよいのである。或いは芭蕉と言い切る方が当たっているのかも知れない。

それでいうならば、地中海沿岸を行く無謀な単車旅行の途次に脳裡をかすめたのは、「東海道の一筋もしらぬ人風雅に覚束なし」と言った芭蕉の言葉だったと言っておいてもよい。そしてそこに材をとった「アポロンの島」に続く多くの作品の底に流れる精神と心眼を芭蕉になぞらえ、『おくのほそ道』などの紀行作品に照らしてみることも面白いに違いない。

小川が東京大学文学部国文科で西鶴を専攻したことはすでに書いた。芭蕉も西鶴も西山宗因の談林俳諧を経験した同時代の俳人である。西鶴に向かうとき芭蕉を脇へ置くなどということはありえない話である。彼には晩年の芭蕉について書いた「一人の意味」(一九七二)というエッセイもある。芭蕉には並々ならぬ関心を示しているのだ。それならばやはり、芭蕉の不易流行を文学理論として解纜したのだ、とするのが自然かも知れない。それこそが年譜制作者らしい視点ということにもなるだろう。

しかし、そういうことも承知の上で、あえて私はボードレールから書き始めるのである。何故に。理由はいたって単純である。ボードレールに傾倒したセザンヌに、そしてそのセザンヌの絵に心酔し多くを学びとったと思われるヘミングウェイに、小川の関心も当然のごとく向かっているからである。

こう言っておくことにしよう。

小川は、ボードレールと芭蕉から「現代性」の理論を摂取したのだ、と。そしてそこから、文学の遙かな空へ向かって出船《いでふね》の纜を解いたのだ、と。

憂鬱は外界との違和感によってもたらされる意識であり、至福は感覚や想像によってもたらされる幸福な実在感である。従って、憂鬱と至福という情調に基づく言葉を用いるとき、同時に意識と感覚という生理によった同義語を思考の内に置いていることを忘れてはならないだろう。

〈うつろい易いものと、不易なもの〉を内面のドラマとして捉えようとするとき、そこに不可欠なのは外的には彼の情調を反映する場の存在であり、内的にはその反映を感受する鋭敏な感性と認識ということになる。そして、その内と外が彼の内奥で照応し統一をみるとき、それは彼に固有の〈場〉と呼ぶべき空間となって現れるのである。

従って〈場〉とは、彼における〈私〉という〈空間〉であると言って差し支えないだろう。敷衍すれば、彼が外部の場を認識するということは、彼が彼自身を認識するということであって、この理論に基づいて書くということは、〈場〉によって〈私〉を書くということに外ならないのである。

小川は言うだろう。私は私の経験によって認識した真実を、過不足なく暗示しここへ置く。あなた方はその暗示から、あるがままの〈場〉の真実を読み取るがよい。

「夕日と草」（五七年）（『アポロンの島』）は、まさにこうした理論を踏まえて書かれた作品であろう。

主人公の行動から見れば、会社の診療所に勤めるあきという若い女医が、同じ会社の工場にいる停年間近の父親に、今夜臨時の夜勤を引き受けたので遅くなるという連絡に行く。構内を歩いて工場の父親に告げ、戻って工場の門を出て道を渡り診療所の門を入る。それだけのことが書かれているにすぎない。

しかし、この原稿用紙わずか四枚の作品には、主人公の心の機微や息遣いが鮮やかに写し取られている。

ここには「アポロンの島」の浩が、旅の憂鬱を呻くような形での直截な情調の表出は見られない。それは主人公の沈黙の内に沈み込んでいる。

示されてあるのは、感覚と意識、という二つの異なる時間が二重の層になって流れている〈場〉だけである。

感覚は存在の痛みに堪えながら現在形で進んで行き、意識は過去の体験によって負った心の傷に根を下ろしている。その二重の層の時間のずれが微妙なバランスをとって浮き沈みしていくために、私たちは彼女の意識に対する想像を誘発され、内的緊張を生じ、現実的な体験の〈場〉へ引きずり込まれて行くのだ。

このように純粋に〈場〉だけが書かれた作品について、私たちに言えることがあるとすればせいぜいこの様なことぐらいである。

何故ならここでは、私たちは、描写によって私たちの内奥に暗示された〈場〉を感性界として、彼がそうしたように私たちもまた自らの経験によって認識するという経路でしか読み取ることは出来ないからである。

それは丁度、セザンヌやモネの絵を前にした時と同じなのだろう。サント・ヴィクトワール山や水蓮の絵について、それがどのようなものかを知りたければ、その絵の前に立つ外はないのである。どのような説明も殆ど何の役にも立たないのであるから。〈場〉とはそういうものである。その確認のためにも、我々はここで「夕日と草」に目を通しておかなければならないだろう。

しかし、このような作品に当たるために、ある一部分を抜粋するなどということは不可能である。ある〈場〉から一部分を取り外せば、それはもうその〈場〉という場ではなくなってしまっているのだ。どの部分もその〈場〉の秩序の内に定まっていて、或る一部分を抜粋するということは、そこにある意識の流れと固有の旋律（五感による交響楽）を断ち切ることになり、そこがその〈場〉ではありえない別の空間としての様相を帯びてしまうのである。

そうした理由からここでは、敢えて全文を引用しておく。

夕日と草

雨が降った。雨は短く降って、飴色《あめいろ》の光の中を細かく舞っていて止《や》んだ。コンクリートのたたきの上には、ゆるいくぼみがあって、雨がたまっていた。そこにはタンクや発電用のタービンの廃品が、ころがって濡れていた。あきは廃品の間を足ばやに歩いていた。ムトンの音がしていた。

工場の門を石炭を積んだトラックが入って来た。トラックは門へゆさゆさ揺れながら上って来た。門の前の土がぬかるんでいて、門は段をつけて高くなっていた。助手台から助手が首を出して、見上げている門衛になにかいった。門衛が頷いた。トラックは平な工場の中庭へ入って行った。運転手が、下を歩いているあきを見た。トラックはあきを追い越して、石炭置場の方へ走って行った。彼女は、父親がゆうべ彼の停年のことをいったのを思い出していた。

彼女は臨時に夜勤を引受けたので、父親にそれをいいに行くところだった。

彼女が煉瓦の倉庫の角を曲ると、倉庫が三棟続いた向うにトラックが止っているのが見えた。彼女はそこを通り過ぎて行くわけだった。彼女はまた運転手の下を通った。トラックは荷台を傾けて、石炭を下していた。石炭が落ちてしまうと、荷台の傾斜は元に戻った。助手が運転席へ登って来た。相済みかな、と運転手がいった。彼は口をゆがめて笑っていた。助手が、なんだ、ときいた。運転手は、今の女医だ、といった。助手は、知らない、といった。運転手は、あと一往復だな、といいながらモーターを掛けた。トラックは動き出した。あきは相変らず足ばやに歩いていた。自動車の音が後から迫って、彼女のわきを通り過ぎて行った。あきには、自動車がカーヴする前に、テールランプを点けるのが見えた。煉瓦の倉庫に沿って高く草が生えているのがあざやかだった。

父親が建物の暗い奥から出て来た。あきは、今日は遅くなるから、工場の食堂で夕食をしてくれ、と父親にいった。家にめしはないのか、と父親がきいた。あきは、ない、といった。それじゃあ工場で食おう、お前は……　と父親は娘にきいた。娘は夕食は出るのよ、といった。父親は、そうか、といって、建物の中へ入って行った。あきは彼を見ていた。そして、父親が仕事に就くと、自動車のわだちのわきを、自動車の行った方へ歩き出した。

彼女は雄二と一緒に診療所へ来た時のことを思い出した。彼女が靴のままゆかへ上った時、彼はあきを見ていた。彼女はそうする自分を意識させられた。彼女は、自分がわざとそうするように、感じた。

規則的なムトンの音に彼女は近づいて行った。そして中でムトンの動いている建物の窓の下に来ると、彼女は音の中に入ってしまったように思った。建物の角を曲って、窓のない煉瓦の壁にそって行くと、音は急に遠ざかって、重苦しくなった。

タービンやタンクや分厚いパイプなど、廃品が転っているたたきに彼女は来た。濡れた廃品には夕日が当っていた。蔭《かげ》が出来ると、廃品は根を下したように見えた。ムトンの重苦しい音がきこえていた。この音はあきには段々気になって来ていた。この音は診療所の一階では静かな時でなければきこえなかったが、二階ではいつもきこえた。

彼女は守衛の方を見ないで、白衣のポケットに手を入れたまま、道へ下りて行った。道はぬかるんでいた。トラックのわだちは深くえぐれて、その両縁には泥を盛り上げていた。あきはそれをとんで、筋向かいの診療所の門へ入った。梢《こずえ》に西日は差していたが、下の方は暗くなって、草の葉は浮き出て見えた。彼女はポーチへ上ると、ドアのガラスに暗くうつる自分に近づいて行った。

さて、この「夕日と草」という作品について、彼は、私家版『アポロンの島』の後記「自分の作品について」の中で以下のように述べている。

この五月に六十枚位の中篇を書いたが、失敗とまでは行かなくても成功とは程遠い出来映えだった。「夕日と草」はこの中篇の中の interchapter（中間章）にするつもりだった。私のものには時々前後関係のないことが出て来るが、一つの作にこういうことをほのめかして、次の作の主題にする、という方法もある。「夕日と草」の場合は、前後がすでに出来ている一部である。すなわち、はじめはこういう形で発表するつもりはなかった。しかし、この作の短篇としての独立性に疑念はない。私は、短篇の概念はない、と思っている。

こうした自信に満ちた自作についての解説を、最初期の処女作品集においてなすということは、その文学理論にいかに確信を持っていたかということの証左でもあるだろう。内奥に揺るぎないものがなければ書けないことである。その揺るぎないものとは何なのか。

例えば、〈一つの作にこういうことをほのめかして、次の作の主題にする、という方法もある〉と書いて、主題を発展させながら連作を重ねていく姿勢を示しているが、これが

〈場〉を書き切ることに徹した「夕日と草」を示しての発言であることを考える時、彼の〈場〉についての心思が、改めて我々の前に鮮明になってくるのである。
そして、この方法については『生のさ中に』の後記に以下のように書いて、具体的な実践例を示している。

〈アポロナスにて〉について：この一篇をこの集（注・『生のさ中に』）に収録することは、或は場違いのそしりをまぬがれないかもしれない。この篇は、私が書いている別の脈絡の物語の一節なのだ。私は前作《アポロンの島》にも、別の話の一節〈枯木〉を入れた。というのはあまりに観念を拒んだ作品集に、私の考え方の一端を示唆的に入れておこうと思ったからだ。そして《生のさ中に》でもその形を踏襲した。しかし、〈アポロナスにて〉の役割は私の考え方の一端といったものではなくて、この集全体の融合ということであって欲しいと思っている。

interchapterとしての役割は、その時々で異なるということである。
しかし、〈短篇としての独立性に疑念はない〉〈短篇の概念はない〉というくだりになると、人間の本質を見極めるために〈場〉を書くことこそ文学である、という信念だけがこう断言をさせたのだと考えるだけでは充分ではないだろう。言下に重大な問題意識があることは明らかだと思えるからである。

ここには、それまでの文学の歴史的な流れに対する反抗の姿勢が、はっきりと示されている。空間より時間を重視するロマン主義文学への決別の表明として。

殊更に〈疑念はない〉〈概念はない〉と念を押すのは、ロマン主義文学における〈短篇としての独立性〉や〈概念〉からの疑義に対する回答と言ってよいだろう。

一九五六年一二月一八日、彼は丹羽正宛の手紙に以下のように書いている。

いよいよ本命の方、「アポロンの島」（仮題）に明日辺からとりかかるよ。これはやってみないとわからないがね。文学の伝統の方向を変えるべき我等の雑誌へ寄せるのだから、その任の一端をにない得るものにする。

しかし、理解はそう簡単に得られるものではなかった。

彼の処女作「東海のほとり」を『近代文学』へ掲載した当時の編集者で、彼の作品を高く評価していた本多秋五ですら、「『近代文学』との関係」で以下のように書いている。

まだ名の出ないころ、藤枝静男と、小川国夫の噂をして、「あれはトルソだよ」といったことがある。（略）そのころのものはみんな断片の感じだった。トルソという言葉は、ギリシャ彫刻のことを書いたもので知ったので、今も、そのときも、この言葉にはその語感が私にはつきまとう。

本多には短篇小説が単一の〈場〉だけで成立するという概念はなかったのだろう。『アポロンの島』が一部の文学者の間で幻の名著と言われながら、そこへ出版ジャーナリズムの編集者たちの目が向いて行かなかったのも同様の理由か、或いは、彼らの目にはそれが志賀直哉の亜流くらいに映っていたのかも知れない。そして、〈「夕日と草」は中篇の中のinterchapterにするつもりだった〉というくだりについて考えるとき、我々はここに至って、ヘミングウェイの『われらの時代』（「IN OUR TIME」）におけるinterchapterと、彼の短篇の概念について思い起こすことになるだろう。

ヘミングウェイはその初期短篇集『われらの時代』の刊行の際に、作品の量の不足を補うために短篇と短篇の間にinterchapterを入れたのである。interchapterとしたのは『われらの時代』刊行の前年に刊行した同じ題名の短いスケッチ集の作品だった。こうして新たに発表する作品の間に一篇づつ前年発表した作品を挟み込んで行き、余った作品は独立した短篇として扱う形で一冊にまとめたのである。

要するにヘミングウェイにはinterchapterにしたスケッチの「独立性に疑念」はなかったのであり、「短篇の概念」はなかったということである。

高見浩の「パリのヘミングウェイ」によると、ヘミングウェイは評論家のエドマンド・ウィルスンに宛てた手紙の中で、『われらの時代』の構成の狙いを次のように説明しているという……〈各中間章は、いわば俯瞰図です。そして、次にくる短篇が、その俯瞰図を十五倍の双眼鏡で拡大して見た情景にあたります〉……と。

これは小川が「一つの作にこういうことをほのめかして、次の作の主題にする、という方法もある」と書いたことと同義であろう。

つまりここでは、ヘミングウェイの方法への共感が、彼にこのような方向を示唆したと考えるべきだろう。

そしてそれは「夕日と草」についての、「失敗とまでは行かなくても成功とは程遠い出来映えだった」中篇のinterchapterにするつもりだったものを、短篇として独立させたものであるという彼の自作解説が、同文の前段に書かれている以下の引用部分に繋がっていくことを示している。

あの頃の私は前から丹羽君にすすめられていたヘミングウェイの若い頃の短篇を手にとって見た。そして、このように過去を意識し直し、自分の文学の世界をたゆみなく作って行こう、と思った。

「あの頃」とは、一九五七年春を指している。前年の秋、小川は「アポロンの島」の原形になるものを書き、丹羽正に見せている。それに対して丹羽は〈感性が観念を帯びている〉という絶賛に加えて〈本来の行き方はこれではないか〉という感想と、ヘミングウェイの初期の短篇を熟読することを勧めたのだった。

小川はヘミングウェイの『われらの時代』を熟読する。特に「三日の嵐」「鱒釣り」「二つの心臓の大きな川」等からは自作へおもむくための足がかりを得たという。そして、それを原稿用紙の横に置いて「アポロンの島」(五九枚)を完成させ、次いで「貝の声」「シシリー島の人々」「大きな森」「エレウシスの美術館」「ナフプリオン」「海と鰻」「箱船」「雪の日」等を書いていった。

こうした『アポロンの島』執筆時代を、習作時代と呼ぶべきかどうかは判らない。明確な理論はあるが細部は揺れ動いている。あらゆるものを貪欲に吸収しようとし、それを実践している。そういう時代であったことは確かである。

小川とヘミングウェイに共通の理論とは何なのか。いうまでもなくそれはボードレールのいう「現代性」ということになるだろう。

ヘミングウェイはセザンヌの「レスタック」や「ポプラ並木」に魅かれてリュクサンブール美術館へ日参したと書いている。そして、このように自然に描きたいと思っていた、と。

セザンヌはボードレールの詩についてガスケに言っている。〈言葉をただ重ね合わすだけで、一つの詩句全体、一つの文全体に不思議な香りを与える。感覚が絶頂に達しているとき、全存在と統合調和する。世界のめまぐるしい様子は、脳裡における目や耳や口や鼻が、おのおの独自のリリシズムをもって受けとめる同じひとつの動きのなかへ溶け込んでいく……そして私の思うに、芸術は、全宇宙の感動がまるで宗教的なかたちで、しかも、たいへん自然なかたちであらわれてくるという恩寵の状態にわれわれを引き入れる〉と。セザンヌは「現代性」の理論を踏まえて表現されたものが、私たちに与える印象を明晰に語っている。

そしてそれは、「夕日と草」における感動の秘密、石炭で汚れたトラック、そのわだちやぬかるみ、廃品や雑草や単調なムトンの音、このようなものたちの本来美と無縁に思える「場」が、圧倒的な実在感をもって美に変容している秘密を解き明かす言葉でもある。

小川は幼い頃から絵が好きだった。旧制志太中学校、旧制静岡高校時代は絵画部に所属し熱心に絵を描いている。セザンヌの絵に、その自然探究に、絵画理論に、ボードレールを重ねてみることもあったに違いない。

五三年一一月一三日、フランス郵船マルセエーズ号でマルセイユ港に着いたとき、出迎えてくれたアンドレ・ボンタンの車でガール県ヴェルジェーズ村へ向かう途中、小川はセザンヌの故郷エクス・アン・プロヴァンスを通った。その時、目に飛び込んで来たサント・ヴィクトワール山をはじめとする一帯の風景は、すべてセザンヌの絵に見えたという。彼は『冷静な熱狂』（筑摩書房版）の中で以下のように書いている。

セザンヌは、彼の絵にしたがって南フランスの風景を眺めさせるということだ。モデルと絵の関係がここにある。セザンヌはモデルを使ったというより、モデルに仕えた。その構図も彼が作ったものであるというより、献身の末、彼が土地のなかから発見したものだ。それはもともと土地のなかにあったものだ。それを絵にして示されれば、見た人はさとり、以後は土地を別様のものとして見れなくなる。(略)

しかし、それでは作品とモデルは未分のものかと自問すると、違う、という声がかえってきた。作品はまさにセザンヌに固有の〈絵〉であって、自立しているものだ。私のような彼に傾倒する者が、モデルを通して知り得るのは、彼の戦いのいくつかの痕跡とその収穫であるが、そこにも〈絵〉が自立して行く経過がうかがわれる。

小川がこのようにセザンヌの〈モデルと絵の関係〉から〈『絵』が自立して行く経過〉に注目し、その描写力を読み取って行く過程では、セザンヌがガスケに表現者としての立場からボードレールの詩について、〈恩寵の状態〉に至らしめる表現の極致へ向かう段階の一段階一段階を明晰につぶさに語るように、彼の内奥でもまた同様の理解が重ね合わされていたに違いない。

無論、文学と絵画では感覚や観念の表出方法は異なってくる。それを混同して論ずるわけにはいかない。文学には文学の言語があり、絵画には絵画の言語がある。文学は言葉によって、絵画は構図と色彩とによって感覚や観念を暗示しなければならない。しかしその文学の言語が、限りなく絵画の言語を取り込んで形成されていると思われる小川文学においては、双方が如何ように一体になって〈場〉の暗示力を高めているのか、というところにも目を向けておく必要があるだろう。

書評

『夕波帖』

たそがれの心境にゆらぎが起こる、そのひだを書き留めておこう。書名にふれて後記にはこう書かれている。今年八〇歳を迎える小川国夫の随筆集である。軽妙洒脱な語り口でたちまちその〈ひだ〉に引き込まれる。だが、すぐにこの〈たそがれの心境〉という言葉が、作家一流のジョークであることに気づかされる。

語られているのは長い年月をかけて到達した作家の現在の境地であり、創作周辺のいわば企業秘密である。〈志賀直哉と一度だけ会ったことがあります。彼が七十九歳、私は三十六歳でした〉〈君ね、今書こうとしている物語があったら、その物語としっかり抱き合うことだ、すると場景が見えてくるから、君は見ながら写生すればいい〉。

作家は、この教えを胸に原稿を書き続けた、と語る。やがて作家は、物語は見えてくるだけではない、聞こえてくるものだ、ということに気がつく。そしてそこから、五感すべての感覚をたがいに色層がにじみ合った虹のような束にして〈登場人物と抱き合うこと〉、という秘奥を我がものとし、〈小説には描写だけがあれば十分〉という境地に到達する。志賀直哉に始まった作家究極の文章論である。

このように小説を書いていくうえで、作家が血とし肉としたものが三章に分けて語られていく。故郷藤枝で耳にした言葉を通して語られる「枝っ子は思う」、本多秋五、芥川龍之介等の文学者に注いだ思いを通して語られる「仰望」、若い日の地中海沿岸単車旅行を通して語られる「身をサドルにゆだね」として。

初出は主として新聞と雑誌で、各章とも短い文章で構成されていて読みやすい。装丁は自筆漫画をつかって作家自身がおこなっている。ジャケットの表にコウモリ、裏に自画像とその頭にとまる大嘘鳥、ジャケットをはずした表紙に祈る手、表紙内見開きには枯れ枝にとまり夕陽をあびる鷺、各章の見出し頁には、鷺、祈る手、ペンギンが描かれている。文学好きには見逃すことのできない一冊である。

『黙っているお袋』

「他界」の栄造は、散歩に出るように家を出、遠足に来たような顔で旧友を訪ね、昔話をし、若い頃働いていた飛行場のほうへ歩み去り、それきり消えてしまう。散歩、遠足、そうした歩き方で現世からの出口を、他界へ歩み去ったのだろうか。

作家である〈私〉は、夜の散歩の途次に三上に会い、栄造の失踪を知らされる。三上は幾分時代がかった常識とモラルに生きている生真面目で現実的な男で、栄造を必死に捜しまわる。

〈私〉は翌日、昼の散歩の足を伸ばして山へ入り、栄造がやっていた炭焼き窯へ行ってみた。〈透明な気分がよみがえってきた。（略）彼はどう流れて来て、どう流れて行ったのか。（略）思いがけなく他界という言葉が浮んだ。この時まで私にとって他界とは天国や地獄を意味していて、宗教が与えるおしきせの言葉だったが、この時から、この私が選ぶ場所――私が歩いて行く場所として感じられた。……私とは流れだとしても、多くの人に共通するイメージに従うだけでは済まないだろう。私固有の流れかたがあるのだろう〉と〈私〉は考える。

生きる、ということは、意志して未経験の空間へ分け入って行き、それを経験として我がものにすることだろう。他界を人生における最も重い未経験な空間であると位置づけるとしても、そこが他界となると、経験として語ることはできない。つまるところは想像力の問題になる。しかし、生も死もなく魂は生き続けるものとすれば、意志する魂は当然他界という未経験の空間へ分け入って行く。

作家の関心がそこにあることは明らかだ。

死と死者を身近に引き寄せることで生き抜こうとする人は多くいる。「こうの他界」「幾波新道」を始めとする三部作など、ここに収録されている珠玉の短篇はそれを語っている。

『リラの頃、カサブランカへ』

ふとした偶然からパリっ娘アンリエットを殺してしまった中国人李は、セネガル人の友人ココスウの単車でパリを逃れ、リラの咲きかえる南仏の光の中をぬけて、スペインを縦断、紺碧の空と海のカディッツへたどり着く。そしてそこから、肉親のいるカサブランカへ向かおうとするのだが…。

この作品は、エキゾチックな青春の情感と感傷と倦怠、そして、スピードとスリルにあふれている。

リラの花は、初夏の光みなぎる季節の象徴として置かれ、悔恨とあえない希望を抱いて逃亡する李の、暗い心を際立たせるまばゆい対象となっている。

スペインへ出国するために立ち寄った南仏の白い町ビアリッツの領事館を出て、李が別荘風の家々の垣根にそって歩くときにも、リラはどこの庭にも盛り上がっていた。

この作品は小川が名作「アポロンの島」を書く直前に書いた最初期の作品だが、自らは発表しようとはしなかった。〈築くように書く〉小川文学の方法を確立するために、捨て石にしたと後記で打ち明けている。

おそらく、小川はこの作品を書いたことによって、長い滞欧生活で自分を見失いかけていたことに気づいたのだろう。腰を据えて創作活動に入るためには、それを取り戻さなければならなかった。そのためにパリでの無国籍者的な気分を書いたこの作品を、あえて捨て石にしたのだろう。

小川教室の学生たち

小川教室の学生たち（大阪芸術大学文芸学科授業風景）

小川さんは、一〇年ほど前から大阪芸術大学の文芸学科で学生に文学を教えている。今春、その授業を見学させてもらう機会があった。

月に一度の集中講義を学生たちは待ちわびている。小川さんが現れるとすぐに寄って行きそばを離れようとしない。その日の授業は創作演習で、提出された学生の作品を順次テキストにして、出席者全員に感想を述べさせ、最後に小川さんが感想を述べるという形で進められた。学生同士は互いに作品の良さも悪さも率直に述べあう。小川さんはどの作品に対しても、懇切丁寧に長所だけを述べていた。

少し甘すぎるのではないだろうか。昔は苦節十年孤独の部屋にこもり、ひたすら読むことで文学を体得した。そのことを大阪から帰る列車の中で尋ねてみた。

確かに昔はそうでした。しかし、学生はこれから先、大学を出て作品を発表していけば、厳しい批評も受け、苦しいところも通らなければならないでしょう。そうした時、ほめられたことを思い出し、長所を意識し直すことで苦境を乗り越えることが出来るはずです。

実作者からでなければ聞くことの出来ない言葉である。自分の創作の特長を自覚し、それを自信を持って伸ばしていけばよい、という教えであろう。小川さんもそうして苦境を乗り越えてきたのに違いない。学生は幸せだと思った。

授業が終わっても、学生はそわそわ小川さんを取り囲んでいて帰ろうとしない。教授室へもついて来る。バッグから新刊本を出してサインを求める学生もいる。

小川さんが大学を後にすると、学生たちもついてきてそのまま居酒屋へ入って行く。どうなっているのだろうと思っていると、そこで夜の授業が始まった。学生たちは幾つかのテーブルに分かれなければならない。しかし、心配は無用である。どうやら学生同士約束が取り交わされているらしい。およそ一五分間隔で小川さんのテーブルへ座る学生が入れ替わるのである。

昼の授業の続きの質問をする学生もいる。小川さんはきちんと答えている。冗談話の好きな学生がテーブルへ来る。すると冗談話で応じる。それが場所を変え、店を変えながら延々と続くのである。そして最後はカラオケへ。

歌い疲れて店を出ると、夜は白々と明け始めていた。

小川教室には、文学からカラオケにいたるまで、心を慰めるものすべてが盛り込まれている。その時間を通して、小川国夫という文学者の生きざまを間近に見るのである。その一切が文学であるということを、学生は体で感じ取るだろう。聴講がすべての授業ではないのである。

書くことと教えることは両立しますか、予約しておいたホテルへ向かうタクシーの中で、酔った振りをして不躾を承知の質問を試みる。

学生相手に話していると、自分のやっていることがよく解ってくるということはありますね。ぼんやりしていたものが話しているうちにはっきりしてくるんです。

小川さんは絶えず、自分の文学を見つめながら話しているのだ。

それで思い出すことがあった。小川さんと東京郊外の町で、時間潰しに日曜画家展へ入ったことがあった。私の目には特に観るべき絵もないように思われたので、すっと会場を一巡して出口で待っていた。しかし、小川さんはちっとも出てこない。それでもう一度入って行くと、野中の道を描いた絵の前に立って観ておられる。その絵も私にはどうということもない絵のように思えた。

こんな絵では退屈でしょう、と私は言った。すると小川さんは、いいえぼくはどんなものを観ても、自分ならどう描くかということを考えながら観ていますから、決して退屈することはないんです、と言われたのだった。

あ、と私は、思わず声を上げそうになった。小川さんは絶えず、いかに書くか、という作家精神の極点に立って外部に目を凝らしている。あらゆるものを文学表現の糧にしようとしているのである。私はこれまで、自分ならどう描くか、というような見方で観ていたことはなかった。この画家はどのような意識を持って描いているのか、というような見方しかしていなかったのである。

自分の資質を思い知らされた瞬間だった。目は共に批評精神から発せられてはいる。そうでありながら関心は表現と理解の両極に分かれているのだ。作家の資質とはこれをいうのか、と私は、その時、つくづく思った。

限定本『闇の人』の周辺

大阪の湯川書房が刊行した小川国夫『闇の人』は、和紙に題名を透かし漉きにした本皮表紙のすばらしい出来栄えの本だった。七〇部の限定版で一万七千円と値のはる本ではあったが。

初めは、そんなに高価な本になるとは思わなかったので、小川さんのところへ遊びに行ったときに、「私の分も一冊」、と、お願いした。

「湯川氏に連絡しておきましょう。が、あなたも葉書を出しておいて下さい。湯川さんはこういうことを始めたばかりの方だから、手紙は励ましになります」、と、小川さん。

本は予定をはるかに遅れて、一九七一年の三月に出来上がった。印刷職人が体をこわして寝込んだのだそうである。

二月中旬に湯川書房から葉書がきた。二五日までに送金してくれた人を対象に配本する、と書いてある。二月二五日までに一万七千円はとても出来ない。懐には冷たい風が吹き通っていた。

早速、小川さんに電話をした。

「必ず購入しますから、代金はあとでもいいように湯川さんに話しては頂けないでしょうか」

直接湯川書房にかけあっても、信用されないだろうと思ったからだ。小川さんはすぐに連絡をしてくれ、湯川さんが藤枝へ来るときに本を持参し、代金と引きかえにもらうということになった。しかし、その後も私は金の工面ができかねてぐらついていた。

湯川氏は三月中旬になってやってきた。

夕方、勤め先へ小川夫人から電話があり、すぐに小川さんに替わった。

「湯川さんがお見えになっていますが」

私はすぐさま会社を飛び出し、家に寄って代金をポケットに入れ、藤枝へ飛んで行った。

「山本さんも今度は大部ぐらつきましたね」と、小川さんは本を手にした私に笑いながら言った。

私は苦笑するしかなかった。それで、幾分恨みを込めて湯川さんに、

「この次はもう少し安く作って下さい。小川さんの本は全部集めているんです」と言った。

すると湯川さんは、鋭い目を私に向けて、

「一人の作家についてすべてのものを集めるという決心をしたなら、悲壮な覚悟をしなければならないものです。女房を質に入れても、その時に金を作らなければ手に入らないとなれば、女房を質に入れることです」と言った。

私はすぐに会社へ戻らなければならなかったので、湯川さんの迫力に縮みあがったまま、代金を支払い、いとま乞いをした。

小川さんと湯川さんは、静岡の駒形に住む野呂春眠さんを訪ねたいと言い、私の車に同乗して行くことになった。

『闇の人』の別冊の中に、小川文学について野呂さんが書いたエッセイが収録されていて、稿料分として一冊進呈するのだという話だった。

客間を出ようとするときになって、小川さんが、

「稿料分として一万七千円の本一冊では多すぎはしませんか」と湯川さんに言った。

「稿料分として七、八千円支払えばいいでしょう」。それから、私に同意を求めるように「そう思いませんか」と言った。

「そうですね。一冊ですと一万七千円ですからね」と、私はたったいま自分が湯川さんに支払ったなけなしの金のことを思ってうなずいた。

「どうしたらいいでしょう」

湯川さんは戸惑い、ちょっと考えた。そして、

「先生にお任せしますよ。一冊置いていきますから、先生の方から適当な分だけ支払って頂けますか」と言った。

湯川さんは、小川さんへの印税分として三冊しか渡していなかった。それからみると、野呂さんへの稿料分の一冊はどう考えても過分に思えた。

小川さんにしてみれば、野呂さんの取り分が問題だというのではないだろう。『闇の人』

という自分の作品の価値を、湯川さんはもう少し考えるべきだ、と言いたかったのだと思う。付録のなかのエッセイの稿料と比較して、ちょっとおかしいと私も思った。

「先生にお任せします」と、湯川さんは念を押すように言った。

「いや、もう連絡してしまいましたから」と、小川さんは言った。ついさっき、これから出かけるからという電話をしたとき、湯川さんがそうしたいと言っている旨を、小川さんは野呂さんに伝えていたのだった。

「では、先生の分を五冊にということに」、というふうな話になるのかなと思ったが、湯川さんはそうは言わなかった。

「どうしたらいいでしょう」と、また湯川さんが言った。

小川さんはちょっと気分を害したようだった。

「いいえ、どうにもなりませんから」と、毅然とした表情で言った。「しかし、野呂さんはあなたと肌合いが違う人ですよ。これからずっと付き合っていく人とは思われませんがね」。それから、「では行きましょう」と言った。

飛び石伝いに庭を行き門を出ると、旧東海道の通りを横断して、蓮生寺の参道を少し行って寺の門前を右へ折れ、車を止めてある学校前の広場へむかった。

暫らく誰も口をきかなかった。

このまま車に乗ったら大変だ、と私は思った。それで、

「先生のお宅のところは長楽寺という地名ですが、お向かいのお寺が蓮生寺というのは面白いですね。長楽寺にある蓮生寺」と、努めて軽い調子で言った。

「あ、そうですか」と、湯川さんが音程の跳ね上がったような声で言い、その自分の声の調子をおかしがって笑った。

小川さんも笑いながら、町の入り組んだ地形を説明しはじめた。その声にはもう先ほどのこだわりは感じられなかった。

車が宇津ノ谷のトンネルを過ぎたとき、小川さんが言った。

「ぼくはきのうから、ちょっと根を詰めてやっていたものですから、二八時間一睡もしていないんです。さっき家を出る頃が一番つらかったですね。頭がもうろうとして。いまはもう大丈夫ですが」

長い時間睡眠をとらないで仕事をしていると、睡魔が波のように迫ったり遠のいたりする。疲れてくるとその間隔が狭まる。仕事に区切りがついてほっとしたせいか、さっきはその大きな波に襲われていた、と、小川さんは言った。

「あまり無理なさると体に毒ですよ。ゆっくりやって下さい」

これは小川さんが時折私を気遣って言って下さる言葉だが、このときには私がその言葉をそっくり頂戴してお返しするように言った。

「いえ、大丈夫です。それにいま目を閉じたらそのまま熟睡してしまいますよ」

湯川さんは大阪で証券会社の課長をしていたが、本が好きで本作りをはじめ、それが高じて会社を辞め、自宅で限定本の出版をはじめた。『闇の人』は二冊目の仕事だ、というようなことを話した。

崖裾の傾斜をのぼる少年

小川国夫という名前に初めて出合ったのは一九六四年だった。あるところで拙作を見ていただき、感想を頂いたのだが、その時には小川さんが作家であるということすら知らなかった。お会いする機会に恵まれたのは六八年の五月七日である。その日、藤枝の今はない〈麦〉という喫茶店で『生のさ中に』の出版記念会が行われていた。

この頃には小川さんの審美社版『アポロンの島』と『生のさ中に』を読んでいて、そのよい絵を見たときの興奮に似た印象をもたらす文体に魅せられていた。出版記念会の翌日、たまたま伊豆の実家からムロアジの干物を送ってきたので、それを数枚取り分けてくるみ、ご自宅へ伺った。偶然の手土産だったが、小川さんはこれが好物で大変喜ばれた。そしてその後は頻繁に小川家へ押しかけるようになった。

悲報に接したとき、一瞬眼前に立ち現れたのは覚えのない無縁の風景だった。崖裾の傾斜を少年がのぼっている。なぜそんな風景が浮かんだのだろう。暫くすると、そこに崖上から少年を見下ろしている自分の姿が見えてきた。そして、風景の場所がどこなのか思い出したのだった。

会社を退職した年の春、思わぬ病にとりつかれて入院したが、そのベッドで小川さんの『遊子随想』を読んでいて、北アフリカへ向かう単車がスペイン中部のクエンカ山塊にさしかかったところでページがめくれなくなったことがあった。自分の体のことがあっからだろうが、震源はそこに書かれていた詩だった。決別の境界というものを強く意識させられたのである。

〈マドリッドへ続く平原の端で／ぼくは君に会うことができた／闘牛の終りの時間を思わせる夕日が／君の石にも染みていた／うつろな窓の下を流れていた夕もやもそのまま／闇に沈んでいって雷を呼び／天と地をつなぐ白光に感応して／ぼくの甘美な夢をあばいてしまっ

た／クエンカ山塊の崖の上の塔よ／いただきの枯れた石を鳶の爪がつかんでいる／裾の傾斜を男の子がのぼっている／ぼくは行く手の不安を忘れようとしながら／靴紐をさしかえている／行ってみればいい、アフリカまで／まるで逃れの町を探しているようだな／塔よ、ぼくの肉体は早く土にもどる／君の残像が五年ぼくの目の中に住んでいたら／臨終の時にも住んでいるに違いないから／もうぼくがここへ来なくても、今日のように／その日も君は永遠へ行く旅人を見送るだろう〉

小川さんの単車旅行は一九五四年九月のことで、まだ終戦から九年という国内でもヨーロッパでも混乱の傷跡の癒えきらない頃のことだった。Vespa 250cc というこの時の単車は、日本人の形状感ではオートバイというよりスクーターに近いもので、同クラスのホンダやヤマハが有する精悍で野性的な印象とは異なり、都会的で優美な感じの単車だった。それだけに〈クエンカ山塊にさしかかり、ガタの来ている単車が熱くなり、あえいでいるのが腰の下に感じられた。だから通り雨が来ると、私は何よりも単車のために喜んだ。小さな草地を見つけてとまり、そこに単車を立てて、しばらく眺めていた。いたわりの雨はひとしきり降りつのり、車はかすかな金属音をたてながら冷えて行く。湯気が立っていて、心なしかあたりの風景を歪めている〉というくだりには、愛車のあえぎが伝えるエロスと、湯気を立てながら火照りを沈めていく車体に注がれる眼差しに実感がこめられている。

詩は、そういう単車でバレンシアから一旦マドリッドを目ざして北上し、めぼしい歴史都市をへて北アフリカへむかう途中の、クエンカ山塊での心境をうたっている。果てしない前途への不安と期待と決意が己を突き放し、〈靴紐をさしかえている〉姿を天上からの眼差しで見おろし〈行ってみればいい、アフリカまで〉と言い放つ。そして〈塔よ、ぼくの肉体は早く土にもどる／君の残像が五年ぼくの目の中に住んでいたら／臨終の時にも住んでいるに違いないから／もうぼくがここへ来なくても、今日のように／その日も君は永遠へ行く旅人を見送るだろう〉と決別をうたうのである。

このように毅然として行く手の闇と対峙しなければならない、と病室のベッドで思った。しかし、退院直後から通院で行われた再発防止のための処置期間中は、言いようのない不快感をこらえるのが精一杯でクエンカ山塊どころではなかった。本を手に取る気持ちにすらならなかった。日長一日、居間の長椅子にねころび、気を紛らわすためだけに焦点の合わない目をテレビに向けていた。やがて、病院通いが半年に一度でよいことになり、暫くして気がつくと、再び『遊子随想』を開いていた。行って、クエンカ山塊の塔を見てこよう、生と死の境界に立つ象徴としての塔を見てこようと思った。

車がクエンカ山塊に入ったとき、言いようのない高揚感が湧き上がってきた。とうとうやって来た、とうとう、と声に出さない声を全身に響かせて叫んでいた。崖の上の建物が空中にせり出している。断崖のはるか下の谷底にも道があって、民家が見え、点々と羊が散らばっていた。しかし、塔らしいものは見えなかった。車を降りて谷にかかる赤い鉄骨の歩道橋をわたり、断崖の上の建物のほうへのぼって行った。一二世紀にできたという市街地が砂埃にまみれてそこにあった。大聖堂のある広場までのぼったとき、そこは小川さんが一夜を過ごした塔のある村ではないことが判った。バルセロナから合流したガイドに聞いてみたが、クエンカ山塊といっても広く、村はいくつもあって見当がつかないという。言われて見ればそのとおりだった。間抜けな話だった。どうして小川さんに聞いてこなかったのだろう。

落胆して、大聖堂の横から谷底を見ていた。崖裾の傾斜を少年がのぼっていた。はっとした。〈裾の傾斜を男の子がのぼっている〉とある、あの詩のとおりではないか、と思った。しかし、こんな風景はこのあたりでは珍しいことではないだろう。暫く見ていると、少年の先をのぼって行く一頭の羊が見えた。少年がその羊を追いかけているのが判った。

「幾波三部作」について（藤枝市生涯学習センター講座抄録）

小川国夫さんの母堂まきさんが亡くなられたのは、確か小川さんが『悲しみの港』を『朝日新聞』に連載しておられる時だったと思いますが、暫らくして小川さんは夜中に書斎で仕事をされていて、「国夫」と突然、お母さんに大きな声で呼ばれて驚かれたそうです。そんなことが二度三度あったと聞きました。お母さんのことを思っていたわけではなく、原稿を書いている最中ですから、想像の世界に没頭しておられたのです。お母さんの声は小川さんの意識が導いたというより、予期しない意識の外から降りてきたといった感じだったようです。原稿を書く手は止まり、辺りを見まわしますが、無論、お母さんの姿はありません。声は天井からだったような気がして、暫らく天井を見つめていたといいます。

小川さんはこの体験を作品の中で追体験しています。「幾波新道」の喜一郎は、ポンプを切り倒した犯人を暴き出すために忠平のところへ行きます。暴力に訴えても捜し出す勢いです。怒りと不安で、半ば自分を見失っているような状態です。そんな時、ふいに死んだ亀吉の声が聞こえます。

――やめとけ、キーちゃん、と亀吉の声がきこえた気がした。

――奴らはまた切るぞ、と喜一郎は呟いた。

――そうしたら、また直しゃあいい。いつも直いときゃあ、水はいくらでも出らあ。

――亀、本当に死んでるのか。

喜一郎はわれに返り、また淋しさを感じた。忠平でさえも手に職をつけているのに、自分はそうした拠りどころを持たず、感情が動くままに、あっちこっちで派手な争いをやっている。もっと地味で確かな道へ入って行けないものか。喜一郎は自分の中に弱気が待ち受けていたのを味い、俺が陥りやすい罠だ、と思い、余計いら立った。

喜一郎とは、ここに書かれているような、我を忘れる直情的な性質の青年ですが、この性質がやがて、恋人に会ったあと部隊へ帰らず、脱走兵として死ぬことにもなる事件を起こします。そして、このわれを忘れる直情的な性質は妹加代子にもあって、彼女は兄喜一郎に近親相姦的な妄想を抱き、兄の恋人を嫉妬して苦しみます。

喜一郎は、白昼、亀吉の幽霊と出会い、亀吉を自分自身を見つめるための鏡に、また支えにしようとします。

移ろいやすい意識、確かなものとも思えない希薄な存在としての自分を、確かなものにしたいという思いからです。

深く思いにとらわれる人の前に、それに関わったすでに死んでいる人が現れ、その死者にあたかも生者のように親しく話しかけるさまを、小川さんは多くの作品で書いています。そうした時の主人公の意識は、生も死も超越したところにありますが、意識が現実に戻ると、死者に支えられて、あるいは支配されて生きていることを強く意識するのです。

死者を身近において生きる人は多くいます。死者は、いまはもはや存在しない人です。ある人にとっては、その存在しない人の方が、現に存在する人よりも生きるための支えになるということでしょう。

「幾波新道」「幾波回想」「幾波行き」三部作の喜一郎や加代子は、いわばその非存在の力に心を揺さぶられる人たちです。「幾波新道」においては喜一郎が亀吉に、「幾波回想」においては加代子が喜一郎に、「幾波行き」においては同じ加代子が掠《さら》われた兄喜一郎の子幹に心を揺さぶられます。

幹は死んではいませんが、掠われてふいに姿を消します。非存在者は存在者より強く心を領します。存在感があります。たとえば加代子にとっては、いまはもういない兄が、生きて身近にあった時以上の存在として、生きていた時よりも遥かに濃厚で生臭い人間として現われ、心を揺さぶるのです。ここでの非存在は具象ですが、それは濃縮された果汁のように濃密な具象です。そして、加代子は、その非存在の具象に一時にせよ心を奪われ、委ね、あるいは狂おしく支配されます。

ここには、最も原初的な形で、信仰への経路をさまよう心の動きが、それを育んだ風土を伴って息づいています。この心の動きが極まり、非存在が抽象化したとき、神は生まれるべくして生まれるのでしょう。しかし、そこはもう文学の領域ではないのかもしれません。小川さんは文学の方法でこのあたりを限界地帯まで踏み込んでいるといえます。

ですから、喜一郎や加代子の心に生ずる支えへの希求は、遥かな神を遠望する者のまなざしを帯びている、といって差し支えないでしょう。

「幾波回想」での加代子は、兄喜一郎に対して、かつて抱いた恋愛感情が、その死によって増幅され夢現の世界をさまよいます。彼女がとらわれた兄喜一郎の世界には、兄と兄の恋人りょうとの間にできた子供幹がいます。しかも兄の死はりょうとの恋愛に深くかかわっていて、兄はりょうと会った日、所属する部隊へ帰らず、脱走兵として捕らえられてのことだったのです。

わたしは幾波へ行こうと思ったのだろうか。軽便へ乗ってからも、自分がどこへ行くのか一度も考えなかった気がする。槇垣が窓を擦って走っていた時、来てしまったな、と気づいた。今日特に幹に会いたかったわけではない。りょうさんに会うのはもういやだった。それでどうして、また幾波へ……。

兄への思慕に心を乱された加代子は、回想を手がかりに兄の生の痕跡を訪ね歩きます。

りょうさんも兄さんも一度近づいて来た。夢中になって考えている間は、あたりも賑やかだったような気がする。でも、りょうさんも兄さんもフト無表情になって、引き潮に乗ったように、青い闇の中へ退いて行ってしまった。一人になったと気づくと、思わずわたしは声を出した。あたりの空気が裂けた気がするほどキツい声で、夜の鳥の声に似ていた。こんな声を出して、自分は死んだ人を呼んだのだろうか、とわたしは真面目に考え、それから、気持ちがおかしくなっているのに気づいた。自分を取り戻すと、松の鳴る音が一斉に湧き上がり、青い空に黒々と、そよいでいる枝が見えた。その斑らな影が、ぼんやりと階段に揺れているのに惑いそうになりながら、わたしは浜への道へ下りた。

そして、かつて兄が見た風景や、関わった人に接して行くうちに、次第に癒されていきます。

しかし、そこに至るまでの加代子の闇は、三部作の最後に置かれた「幾波行き」でようやく明らかになります。加代子の心のうちは、最初は隠されています。最後に加代子の心に巣食った闇と物語の全貌が見えてくる、という設定になっています。

加代子と母親が育てていた幹を、りょうが掠って行き、加代子は取り返そうと幾波へ行きます。

幹って何だろう、とも考えた。わたしにとってはまず、兄さんの子供だけれど、勿論りょうさんの子供でもある。幹は六月に生まれたんだから今頃――きっと八月に、りょうさんは兄さんに抱かれたんだ。そのことを思って、わたしは百合や宵待草や露草が咲いている野原と、そこで肌を光らせてもつれ合っている二匹の若い蛇を想像した。頭がそんなことを追いかけていると、わたしの眼は落ち窪んで空洞になるようだ。わたしは化け物になるんではないか。わたしこそ蛇ではないか。一体わたしは、兄さんとなにかしようと思っていたのか。

この加代子の兄に対する不毛の愛の物語を、小川さんは次のような言葉で締めくくるのです。

自分が狂ったようになったあの夏の日のことを、わたしは時々思い出す。りょうさんが幹を掠った様子が、あまりになまなましくて、体中の血が一気に心臓に集まったような気がしたからだ。その血の騒ぎのなかから、兄さんが現れた。その前に兄さんはまずりょうさんに現れ、それからわたしに現れた。兄さんは怖い、生きている人より力がある。

生のただなかにおかれた死者という濃密な空虚、存在の根にぽかりと穴を開けた非存在、かつて存在したものが主張する非存在の重さ、それは「回想」とも「妄想」つかない加代子の想念によってしか埋めることのできない空虚なのかも知れません。そのブラックホールのような非存在の穴の、人の心を吸い込む圧倒的な力には、理性など抗する力さえ持ち得ないでしょう。

そして、こうしたところに行き合わせた者は、一時、加代子のようにただ狂うしかないのかもしれません。

追悼小川国夫

愛の教え

小川国夫さんが亡くなられた。二〇〇四年一月、自宅前で転倒され、左大腿骨頸部骨折という御難にあわれてから、散歩も距離が縮まり、すると体力も落ちて、それでも大きな仕事をかかえて完成にむけ打ち込んでおられたが、今年（〇八年）の二月頃から急激に食欲が減退し、血糖値が下がるなどして入院された。そして遂に力尽きるように逝ってしまわれた。

病院から自宅へお帰りになったという知らせを聞き、ご自宅へ駆けつけると、ご遺体は書斎に安置され、本と書きかけの原稿のそばで、いまにも話し出しそうな穏やかなお顔で寝ておられた。まもなく枕元の小机に聖書と十字架と万年筆が置かれ、白いマーガレットの花がそえられた。暫くして、藤枝教会の神父様が書斎へきてひざまずきお祈りをされた。

小川さんはムロアジの干物や青海苔入りの畳鰯が好物だった。それをゆっくり嚙みながら酒を口に含むのである。作品にもよく食事の場面が出てくる。特別な料理ではない。どちらかと言えば野趣に富んだものを好まれたように思う。

「重い疲れ」の主人公の〈彼〉は、シシリー島を単車で走りながら空腹に耐えかね、自動車修理工場の工員の好意にすがって彼等の昼食の座に割り込み、鶏肉の細切れと玉葱とピーマンを卵であえてバターでいためたものをパンにはさんでむさぼる。

『悲しみの港』の晃一は故郷へ帰った日の晩、母が仕度してくれた烏賊《いか》と大根の煮付けと味噌汁とまくわ瓜の浅漬けを何よりの献立と言って喜ぶのである。いずれの場面でも無償の愛が食べ物を差し出す行為のうちに暗示されている。

山恵さん、ハラモを食って行こう、そう言って居酒屋へ入ることもあった。こういう味を好まれる小川さんだったから、入院先でのお粥などとろみのかかった病院食は苦手で苦痛だったようだ。腕と鼻に点滴と酸素の管をつけ仰臥したまま、そばを食べに行こう、ラーメンを、と付き添う者を困惑させた。

車椅子散歩のその日は土曜日で、地下の売店は休業だった。院内を探検するようにまわった。「この病院で一番いい匂いがするのはこのへんだよ」と車椅子の小川さん。幽《かす》かに香ばしい香りがする。エレベーターで一階へ下りると、ドアの横にコーヒー自販機があった。〈枯木〉のように痩せてはいたが頭も感覚も冴えていた。

穏やかなよい天気の日だった。病院敷地内なら外へ出てもよい、という許可をもらった。木の芽を見に行きましょう。そして陽のなかへ出て行った。時間外出入り口から出て建物にそって表玄関のほうへ行く。壁が途切れた。視界が開け、四、五〇メートル先の道路沿いに居酒屋の看板が見えた。まずい、と思ったがもう遅かった。「あそこへ行ってラーメンを食べよう」。味に飢えておられたのだろう。

「愛の最高の表現は、食べ物を与えるということですよ。あの人に食べさせたいと思うのは、その人に長く生きてもらいたいということの証ですから」。そう話されたのはいつ頃のことだったか。書斎で、再び開くことのない小川さんの口元を見つめていたとき、ふいにその言葉を思い出した。

小川さんの口はもうどんな食べ物も必要とせず、もう何事も語りはしない。私は小川さんの最後の願いを遠ざけ、食べたがるものを差し上げなかった。それでも小川さんは、そんな私が病床を辞して帰ろうとしたとき、伸びあがるように顔をあおのかせて「山さん、ありがとう」と言ってくれたのだった。

私は愛の教えにそむいたのである。今はただ悔いている。そして悲しい。

人間らしく生きる

別の日、病室をのぞくと眠っておられる。物音を立てないようにベッドから離れた壁際の椅子に座って、目を覚まされるのを待った。暫くして目を覚まされ、私に気づいて、あ、山さん、と言って挨拶をかわしたが、先の日とは打って変わってひどくお疲れの様子だった。点滴ははずしてあって、鼻に酸素の管だけをつけておられる。

ラーメン、そば、ということになったらどうしよう、と方策もないまま来ていて、どうか食べ物の話が出ませんようにと祈る思いだった。もしまたそういう話になったら、差し上げられないことを言って、至らなさをひたすら詫びるしかない。しかしその日は最後まで食べ物の話はなさらなかった。

気にしていた方向へ話がむかわなかったせいで気がゆるんだのか、愚か者の私はつい「お昼はお済みになりましたか」と尋ねてしまった。はっとしたが「済みました」とだけ答えられたのでほっとした。それから小川さんはふいに「僕は山さんにどれだけ感謝しても仕切れない」と言われた。「何をおっしゃいますか。こんなこと当りまえですよ。毎日こられなくてすみません」「いやそういうことではなくて」。

ああ、評伝のことをおっしゃっているのだ、と私は思った。以前にも二度同じように、評伝のことでお礼を言われたことがあった。暫く沈黙があって「人間にとって大切なのは人間性です。人間らしく生きるということさえできればすべてはうまくいきます。最近の世の中は反対のほうを向いているでしょ」。小川さんは今、こんなさりげない簡単な言い方をされているが、この人間性の探求こそが小川文学の終生一貫したテーマだった。

私の書斎には一九七一年春、小川さんに書いていただいた色紙がかかっている。もう三七年間も毎日幾度かその額に目をやり、その都度味読してきていた。こう書かれていた。〈なにが深く衝撃的なのか、この方向に人間性を見きわめて行くのが小説なのだろう〉。小説とはどういうものなのでしょうか、と凡愚の恥知らずがあつかましくも発した問いに答えて、こう書いてくださったのだった。

私はそれを見ながら小川文学を読み、文章を書いてきた。それで解ってくることも多くあった。人間性なるものが解ってきたというのではない。小川文学における人間性の探求方法が徐々に解ってきたというにすぎない。それでも常に人間性なる言葉を意識することで、いくらかは己を律することができるようになってきたようにも思う。

人間は不可解な生き物である。だからこそ人間らしくあることが望まれ、求められ、その探求が課題になってくる。こうした不可解を探求するのが文学である。小川さんはそれをご自分の心の奥を見つめることで成そうとしておられた。人間の千状万態が書き記されている聖書世界の住人となって、そこにいるご自分の心の奥をのぞきこみ書くのである。

描写される物語舞台は聖書世界そのままであったり、地中海沿岸であったり、故郷藤枝であったり、駿河湾西岸であったりした。しかし、心の奥を見つめる場所は常に聖書世界の内側にあったと私は思っている。それによって生身の人間からは見えにくい人間の本質を明らかにしようとしたのだと思う。

「誰だって自分の出生のときの様子まで知っている人間はいませんよ。それを僕は知っている。それは山さんがお袋から聞いて書き残してくれたからです。普通の人で僕のお袋ぐらい言葉を残した人はいないでしょう」。ああやはり、評伝のことを言っておられたのだ。一瞬、母堂まきさんの明るい声が聞こえたように思った。

文学の原点はマザータング

評伝の取材で小川さんのご両親冨士太郎さん、まきさん、ご姉弟の幸子さん、義次さん、ご近所の人たち、学校の先生、同級生、文芸同人誌『青銅時代』の同人諸氏、文学関係者などから、一九七三年より四、五年間にわたってお話をうかがった。

長くかかったのはこの頃の私は忙しい会社勤めをしていて、日曜日でも必ず休めるということではなかったからである。仕事は不規則で時には深夜におよぶこともあり、それでも帰宅後夕飯を食べてからテープを起こしたり書いたりしていて、徹夜になり、そのまま会社へ出て帰宅後はまたテープを起こしたり書いたりの続きをやるというような具合だった。まだ小川さんが新鋭作家と言われていた頃のことである。

一般には作家の評伝や伝記は、その作家が物故されてから書くのが常識である。なぜ異例のことが行われたのか。小川さんに頼まれたからである。年譜を編むようになるのも頼まれてのことだったが、評伝のときもそうだった。

ある日、小川さんから家に電話がかかってきた。「いま静岡駅南口のジロウという喫茶店にいるんですが、僕の子供の頃のことを聞き書き評伝風なものにして本に入れたいという人がいて、いまその人と一緒なんです。僕のことをよく知っている人にやってもらいたいというのがその人の希望なので、山さんの名前をあげたのですが、一緒に会って話を聞いてやってもらえませんか」。

こうして、この時は母堂まきさんから聞いた幼少年時代を百枚にまとめ、それは『小川国夫光と闇』（おりじん書房）に収録された。そしてこの時から取材は延々と続くことになった。

小川さんはなぜこのように異例のことを私に頼んだのだろう。取材の最初の日、まきさんのお宅へ向かう車の中で、小川さんはこんなことを言われた。「僕は自分が他の人の目にどう見えているのか、知りたいということがありますから、山さんがやってくれると助かるんです」。

書斎の引き出しに三五年前のテープが入っていた。出してみると録音もちゃんとしている。幾本か再生してみると、ご両親と小川さんと私で、世に出る前の小川さんのことを話しているテープが出てきた。私はそれを病院へ持って行き、小川さんにお聞かせした。

小川さんの講演や座談は絶妙だった。上品な笑いのなかにちょっぴり涙をひそませ、わかりやすくやさしい言葉で深い真実にふれる話をされた。この話術は小川家の皆さんに共通のものだった。記憶力のよさとユーモアは際立っていた。座はたちまち漫談のボクシングのようになるのだった。

特にまきさんは話すスピードも速かったが、頭の回転はそれ以上に速くて、湧き上がる思い出が口をついて出ようとする言葉を押しのけ、追い越して出てくることもしばしばで、そうなると時間を追って順序良く聞きたいこちらは頭を抱えることになった。小学五年の頃の話をされていたはずが、息を呑むまもなく旧制中学時代に変わっていたりする。

幾度か中断して聞きなおすうちにまきさんのほうでも面倒だと思ったのか「私の話はあっ

ちへ行ったりこっちへ行ったりで、記憶に間違いはありませんが自分でも順序はわからないですよ。山本さんは年譜をおやりくださっていて大体お判りでしょうから、あとで都合のいいように直しておいてください」というようなことになってしまったのだった。

ベッドの上の小川さんが言う。「僕は母親の話し方もリズムも熟知していますから、山さんのものを読むとそのまま声になって聞こえてくるんです。文学の原点はマザータングです。母語。母親の舌。母親の言葉が僕の文学の大元にあるわけです」。

本多秋五の手紙

去る四月五日は藤枝文学舎を育てる会の総会の日だった。小川さんはここで講演をされることになっていて告知もされていたが、綏子夫人から事務局長の澤本さんに連絡があって、急いで代役を立てることになり、その役目が私にまわってきたのだった。

演題はすでに決まっていて「藤枝・文学の舞台として」というものだった。準備する時間があまりないので、小川さんがご自分の苦しい文学青年時代をモデルに書いた『悲しみの港』について、背景となる伝記的事実を重ねつつ話すことにしようと思った。

この作品は一九九一年一一月一日から翌年九月三〇日まで『朝日新聞』に連載された原稿

用紙およそ九〇〇枚の長編小説である。これだけ長い小説なら、二時間の持ち時間は充分持ちこたえられるだろうと思った。

以前私は、小川さんから『悲しみの港』の連載が終わったとき、本多秋五氏から絶賛する手紙をもらったと聞いていた。あまり感激したので額装して書斎へ飾ってあると。「その手紙にはどういうことが書かれていたのですか」。私は講演のお鉢がまわってきたので、これは是非聞いておきたいと思って病院へ行って聞いた。

「大きくは三つ。一つは文体がよいということ。もう一つは司修さんの挿絵が物語にぴたりとそっていて素晴らしいということ。もう一つは物語の終わり方についてですが、ちょっと違和感があったのか、これはこれでいいが、これを前編として、後編を書くようにと。いまから後編なんてとても書けませんよ。でも僕の想像では、本多さんは志賀直哉の『暗夜行路』を念頭において、あれは前編と後編に分かれていますから、それで『悲しみの港』もこれを前編にして、後編を、と言ったのではないかと思います」

「本多さんは『悲しみの港』を小川さんの『暗夜行路』として読んだということですか」

「そうは書いてありませんから想像ですがね。本多さんはトルストイと志賀直哉をずっと読み続けた人で、特に『暗夜行路』は繰り返し徹底して読んだ人ですから」

こういう話を聞いたので講演の組み立てはなんなく出来上がった。『暗夜行路』と『悲しみの港』の比較から入れば話は尽きないだろう。ちょっと肩の荷が軽くなった。病院の玄関を出て駐車場へ向かった。はっと足が止まった。講演は本当に『悲しみの港』でいいのだろうか。

小川さんのいまの病状は左大腿骨頚部骨折による運動不足から始まっていた。『悲しみの港』に登場するばあや杉崎たみは、入院中の病院で転倒し、同様の箇所を骨折、痛みに耐えられず死んでしまう。これが書かれたのは九二年二月である。ご自身の骨折は〇四年一月だから、一二年前に書いたことが身に起こったということになる。

更に、この杉崎たみの骨折と死にはモデルがあって、四七年前小川さんがウイスキーを飲みすぎて血を吐き、一ヶ月入院されたとき同室だった中山金作さん（「或る過程」）の死に至る悲惨が、そのまま杉崎たみのこととして書かれているのである。どういう符合なのか。

骨折をされてから徐々に体力が落ちていく過程で、ご自分が書いた二人の死について考えないことはなかっただろう。中山さんや杉崎たみのように、骨折から死の淵へ近づいていくご自分をいまこの瞬間も意識し、恐れておられるかもしれない。そう思うと、それを知っていて『悲しみの港』について二時間も話していられるだろうか。しかし私には時間がなく、別の話を準備する余裕はなかった。

故郷を目指す旅人

小川さんは永遠の旅人だったのだろうか。そういう人もいる。しかし私は、旅人ではあったが〈永遠の〉という表現は当たらず、故郷という終着地を目指して一人旅をし続けた人だったと思っている。

故郷の藤枝にいて書き続けた作家を、故郷を目指す旅人といえば奇異に感じられるかもしれない。ここでの旅人とはむろん精神の旅人の意である。「アポロンの島と八つの短篇」など初期の作品群は、西行、芭蕉など放浪詩人の系譜において異存ない詩的文体で漂泊視界と一期一会の旅を表出している。

求心的求道的でありながら一切の束縛から逃れ、自由でありたい精神の人で、それが小川文学の特色であり根幹でもあった。病院食の拒否やそこからの脱出願望は単なるわがままではなく、長年、こうした姿勢で書き続けてきた作家の最後の自己表現であったと言ってよいだろう。

本多秋五氏が絶賛した『悲しみの港』のなかに、小川さんはご自分が目指した文学について以下のように書いている。〈僕はなぜ孤絶にあこがれるのか、自閉の殻はなぜ在るのか、自分の中の奥地へ冒険を試みるために、だ。その途次でのみ、借りものでない独特な言葉が必要になってくる〉。

孤絶とは絶対孤という厳しい境地を指すのであろう。あまり使われない言葉だし、めったな気持ちでは使えない言葉だと思うが、小川さんはそれを「一人の意味―晩年の芭蕉」（日本の古典18『松尾芭蕉』一九七二年刊）でも使っている。芭蕉の旅と文学を意識し、己のそれを強く意識してのことだろう。芭蕉は知らず、小川さんの孤絶は神を必要とする孤絶だったと私は考えている。

吉本隆明氏との対談「家・隣人・故郷」のなかで小川さんはこんなことを言っている。〈僕は十代の終りにキリスト教になりましたし、ずっと忠実な信者というわけではありませんけれども、ひかれたしひかれているということはあるわけですね。そのなかで、そういうものを排除していこうという矛盾した感情があると思うんです。小説が僕の表看板ですしね。そこに自分の理念の形を凝集させようと思っているわけですから〉。

私はこの言葉と「命への考察」における〈現代は命の観念を、既成の宗教に求めるだけでは不自然な時代なのだろう〉という文章、更には一九五五年一二月五日に、パリ、エドモン・ロジェ街の下宿から丹羽正氏宛てに出した手紙の〈信頼を持ち得ない人は、宗教へ行ったりする。すなわち人間の心と心の間に、完全な信頼がありうるかは、結局はわからないにしても、かりそめにもしろ、神を信じがたい状態にある現在では、人間同志の信頼こそ、生きる力を現実に、あたえるのだと思う〉(『小川国夫の手紙』)等を踏まえて、かつて評伝『若き小川国夫』に、小川さんは〈本質的な意味でキリスト者ではなく、聖書に精通した文学者だ〉と書いたことがある。〈独自の想像に生きる文学者であるが、同時に宗教という他者の想像世界に己の一切を委ねて安らぎを求める信仰者でもあるということはありえないだろう〉とも。

小川さんは酒席でではあったが「神は存在しない」と言われたこともあるし、真継伸彦氏は小川さんとの対談で、〈うつろいやすい自分〉について話したあと、二人で町に出て、宿に戻ったが、その時、ふいに耳元で小川さんが、〈そういううつろいやすい自分を、実体として位置づけるもの、いわばうつろいやすくないものに変えるのが神だ〉とささやいたとも言っている。神は存在しないが、神は必要である。うつろいやすい自分を実体として位置づけるために。だから存在しないとも言いうる神の存在を信ずることが大切だと言っているようでもある。

『弱い神』連作の最終段階にさしかかっていた頃、ご自宅で「最後は自分だけの聖書世界をつくって、そこを僕の故郷として、そこで暮らしたい」と言われたことがあった。「聖書は文学です」とも言っておられた。こうしたことを考えあわせると〈自分の中の奥地へ冒険を試みる〉孤絶の旅の終着地は、文学的想像の結実が創出する小川さん固有の聖書世界ということになるのかもしれない。

『或る聖書』におけるユニアのように、そこに人間性の理想像キリストの影を感じつつ。

小川さんはいまその固有の故郷へ向かって未知の旅路を歩いていると信じたい。

全紀行・解題

ここに書き留めた小川国夫の旅とエッセイは、一九五三年に小川がソルボンヌ大学へ留学するために日本を発つ日から始まり、九五年、NHK教育テレビ・人間大学「イエス・キリストーその生と死と復活」の取材とビデオ収録のため、イスラエルを旅するに至るまでの、四二年間のものである。その舞台は、ヨーロッパの国々と北アフリカを含む地中海沿岸の国々、サンチャゴ巡礼路、サハラ砂漠と周辺の街、ソビエト連邦時代のロシア、国内では北海道から天草に至る各地である。

第一の旅は、二年八ヶ月に及ぶフランス留学の全期間ということになるだろう。五三年一〇月一五日、フランス郵船ラ・マルセエーズ号で横浜港を発ち、一一月一三日、マルセイユ港に着く。ソルボンヌ大学を経て、翌年の七月グルノーブル大学に移籍、友人柳宗玄より中古の単車 Vespa 250cc を購入、ヨーロッパ各地と地中海沿岸の旅に活用。五六年七月七日、フランス郵船カンボジャ号で帰国した。

エッセイでこの全期間を書いているのが「漂う小舟」（河出版『小川国夫作品集四』後記）の章であり、そこに至る前話として「渡仏前後」（『旅』72・8「はじめての海外旅行」改題）がある。そして、フランスでの最初の印象を友人丹羽正に書き送った手紙「流れる秋―丹羽正への手紙」（丹羽正編『小川国夫の手紙』77・6・5、後『小川国夫全紀行Ｉ・なだれる虹』収録）は、セザンヌの街、エクス・アン・プロバンスを走る車の窓外を流れる風景への感動を伝えている。

小川はこのフランス滞在中に、三、四〇日間をついやす比較的長い旅を、クリスマス休暇や夏期休暇を利用して五度行っている。五四年九月には、スペイン、北アフリカ、ベルギーをまわる旅を、同年のクリスマス休暇には、スイスのジュネーブ、フリブール、ベルン、バーゼルをまわってドイツに入り、北フランスのメッツで正月を迎え、翌年の七月にはイタリアへ、九月にはギリシアへ旅行している。そしてこの留学の最後を、五六年四月一日にパリを発ち、スイス、オーストリア、ドイツ、イギリスをまわってパリへ戻る二〇日間の旅でしめくくっている。この五度の旅に関するエッセイのほかに、パリ、或いはグルノーブルでの体験や所感、そこを基点として列車、或いは単車で度々訪れた南フランス、スイスなどへの小旅行を書いたものがある。まずそれらを挙げてみると、南フランスの復活祭での出来事を書いた「鉱山の復活祭―丹羽正への手紙」（同前）、季節風ミストラルが吹きまくるアルルの闘牛場「風の中の闘牛」（『山渓フォト・ライブラリー・地中海Ｉ』75・12・1）、グルノーブル滞在中の体験「星を見ると―丹羽正への手紙」（前出）、フランスの様々な印象を語る「語ろう―丹羽正への手紙」（同前）、雨のパリで単車事故を起こす「重油―丹羽正への手紙」（同前）、「友情―丹羽正への手紙」（同前）、パリの下宿屋の街「エドモン・ロジェ街―丹羽正への手紙」（同前）、パリの寒さを伝える「氷塊―母への手紙」（『評伝Ⅱ』79・6・10）、などであるが、更に、ヨーロッパにおける最初の大きな旅である、スペイン、北アフリカ、ベルギーへの出発を目前にした或る日の苛立ちを書いた「査証を待ちつつ―丹羽正への手紙」（前出）、グルノーブルの「学生食堂―丹羽正への手紙」（同前）、この町の下宿屋の女主人による「人種的偏見」（『青銅時代』六号61・8）、ピレネー山中での夏期休暇「牛とは何か」（『アウム』70・10）、などもここに入れておきたい。

フランス留学中の旅の基地は、主としてグルノーブルであった。ここからの最初の旅は、スペイン、北アフリカをまわったあと、北上してベルギーへ入るという四〇日間の旅だった。

五四年九月、単車でグルノーブルを発ち、ニース、サン・トロッペ、マルセイユ、ヴェズィエ。スペイン領に入りバルセロナ、バレンシア、マジョルカ島、イビッサ島、マドリード、トレド、コルドバ、セビリア、グラナダ、アルヘシラス。ジブラルタル海峡を渡り、タンジェール（北アフリカ）、セウタ、カザール・エル・ケビール、このあたりで旅費の都合がつかなくなり、反転してセウタ、タンジェール、アルヘシラス、カディツ、セビリア、コルドバ、マドリード、バレンシア、バルセロナ、ペルピニヤンに急行、ペルピニヤンから単車をグルノーブルへ送り返し、ここからは列車で友達を頼ってベルギーのルーヴァンへ北上して行った。

この旅によって書かれたエッセイは、マジョルカ島の印象「中庭―丹羽正への手紙」（前出）、この旅の途中バレンシアで、もう一度はこの年の四月アルルで見た闘牛について書いた「対照の国で」（『角よ故国へ沈め』78・2・10）、単車旅行の厳しさをさりげなく語る「カディツに眠る」（『山渓フォト・ライブラリー・地中海I』）、ホテル経営者の細君の伯（叔）母さんがプルーストの女中さんだったという「タンジェールの思い出」（『現代詩手帳』74・9）、カフェのテラスの情景を書き送った「タンジェールへ行った時―姉への手紙」（『評伝II』）等である。

次いで、同年のクリスマス休暇には、列車で、スイスのジュネーブ、フリブール、ベルン、バーゼル、をまわってドイツに入り、北フランスのメッツの友人宅で五五年の正月を迎えた。「メッツの新春」（『朝日新聞』76・1・5）は、この時の旅によるものである。

小川が再びグルノーブル大学の夏期休暇を待って、単車でシシリー島をまわるイタリアの旅に出発したのは五五年七月であった。前年の、スペイン、北アフリカ、ベルギーの旅同様、およそ四〇日間をついやす長旅だった。出発予定日の数日前から雨が降り始め、アルプスは悪い状態で大きな自動車事故がおき、グルノーブルでは水が出て橋が壊れたりしたが、心を決めて、モン・スニ峠へ向かって出発したという。波乱含みの出発だった。ヴェネチアに近いメーストレという町では、ホテル兼食堂の陽気な女主人に、自分の娘を嫁にしないかと持ちかけられ、サレルノからパラオへ向かう途中の山道では、運転を誤って崖下へ転落し、帰路ヴェロナの近くでは、疲れから運転中に眠ってしまい、大型トラックと正面衝突しそうになったという。単車の行く道は真夏の太陽に焼かれ、汗が砂塵をすって黒く滴る苛酷な旅だった。旅程は以下の通りである。

グルノーブル、(モン・スニ峠越え)トリノ、ミラノ、ヴェロナ、レニャーゴ、パドヴァ、ヴェネチア、ボローニャ、フィレンツェ、アッシージ、ローマ、ナポリ、サレルノ、パラオ、コセンザ、カタンザロ、(シシリー島へ渡り)アリ・マリナ、シラクサ、アグリジェント、チェファルー、メッシーナ、(シシリー島を去って)タラント、バリ、フオッジア、レニャーゴ、サン・レモ、ニース、グルノーブル。

フェラーラ、パドヴァ、ヴェネチアとつなぐ、北を横断するコースを行く途中、マントーヴァの大聖堂前に単車をとめ休憩を取ったが、ここで出会った土地の人が五三年後、偶然、この大聖堂前に来合わせたヴェネチア住まいの小川の三男光生に声をかけてくる、という奇縁を語った「行きずりのマントーヴァ」(『日本経済新聞』07・8・15)、動物の鳴き声がさまざまな旅の記憶を呼び戻す「驢馬と縞馬」(『読売新聞』77・4・16)、単車の運転を誤って転落した崖下の草地から、舞い上がった蛍の中で嘘のような開放感を味わう「地中海岸の夜」(『太陽』71・5「地中海の透明な夜」)、南イタリアからシシリー島にかけて、単車を走らせながら見たフィーキディンディアというさぼてんの繁茂のさまが、後年、チェーザレ・パヴェーゼを読んでいて蘇ってきたという「さぼてんの国」(『葦の言葉』78・12・20「シシリー島」)、滞欧中に行った幾つかの漂泊の旅に、小川を駆り立てたものは何か、それを解く鍵を秘めている「シラクサ行きの事情」(『三田文学』75・10)、真青な海に突き出た白い城跡のあるシラクサに残る伝説「泉伝説」(『読売新聞』69・1・31「シラクサの泉伝説」)、自然がつくり出したシラクサだけにある独特な趣きを、光にたくして語る「楽しい光」(『葦の言葉』「シシリー島」)、シラクサのヴィーナスの神秘的な魅力を語る「自然な身ごなし」(同前)、建物と地形によって生み出された神秘について語る「神殿」(同前)、節約を心がけながら続ける旅の途次で、潮騒を聞きながら眠った「チェファルーでの野宿」(『山渓フォト・ライブラリー・地中海I』75・12) などは、この時の旅によるものである。

ギリシアへ旅したのは、五五年九月だった。前回の旅同様約四〇日間である。グルノーブルを単車で発って行くが、初期の短篇「アポロンの島」にあるように、その舞台ミコノス島でスイスの少女たちと知り合い、帰路はアテネから単車をグルノーブルへ送り返して、彼女たちと列車で帰ることになった。しかし、国境の町イタリアのトリエステまで来た時、税関でビザに手落ちがあることを指摘され、スイスの少女たちと別れて、ユーゴスラヴィアのザグレブまで戻って手続きをしなければならなかった。この旅で訪れた主な町は以下の通りである。

グルノーブル、マルセイユ、ツーロン、カンヌ、ニース、ジェノヴァ、マントーヴァ、メーストレ、トリエステ、リュブリヤーナ、ザグレブ、ベオグラード、ニシュ、ジェヴジェリ、テサロニキ、アテネ、デルフィ、パトライ、オリンピア、トリポリ、スパルタ、ナフプリオン、ミケーネ、コリント、アテネ、ミコノス島、デロス島、シロス島、(帰路) ベオグラード、グルノーブル。

この旅によって書かれたエッセイは、無人地帯を兎とともに走った「野兎の案内」（『週刊ポスト』79・5・11）、テサロニキ駅のホームで会ったこの土地の青年を書いた「貧しい青年」（『青銅時代』九号64・7）、あじさい色の空にそびえるパルテノン「優しい遺跡」（『週刊朝日』78・1・13）、後年、再び訪れた町デルフィとの「再会」（『文藝春秋デラックス』79・7）、ミケーネ遺跡で会ったギリシア人の二人連れ「若夫婦」（同前）、雨上がりのペロポーネズ半島の丘に囲まれた村「オリンピア」（『青銅時代』三号58・8）、シラクサでは血と乳と海の匂いのする女、スパルタでは勇武の女神「アフロディテ」（『文藝春秋デラックス』75・10〈アフロディテのふるさと〉）、みなぎる光の中の風景「エーゲ海の泊り」（『世界文化社版・南欧の旅』72・4・20）、故郷での戦時体験が荒ぶる心でする単車旅行に重なって行く「ギリシアで会った奴」（『日本読書新聞』73・1・1）、故郷の漁港焼津からギリシアへ思いを馳せる「よすが」（『文學界』68・6）、フィナーレ・リーグレという港での出来事を書いた「セーター」（『アムウ』70・11「白い静かな港」）などは、この時の体験によるものである。なお、「再会」「若夫婦」には、五九年三月、夫人とヨーロッパ旅行をした際に滞在したアテネの印象が二重写しされている。

スイス、オーストリア、ドイツ、イギリスを旅したのは、帰国を目前にした五六年四月であった。オーストリアのインスブルックの食堂から、故郷の母宛てに書いた手紙「小さすぎる靴」(『評伝Ⅱ』)、ウィーンから姉夫妻にあてた古都讃辞の手紙「雪」(同前) は、この時のものである。

四月下旬、パリに戻った小川は、単車 Vespa 250cc やラジオを売って帰国の準備にかかり、六月八日、マルセイユから乗船、一ヶ月の船旅を楽しみながら七月七日、横浜港に帰国。

ヴァン・ゴッホ取材のため、アムステルダム、パリ、アルル、などをまわる二〇日間の旅をしたのは、七三年七月だった。その自動車旅行の途次に車を止めた「ローヌ川河口」(『山渓フォト・ライブラリー・地中海Ⅰ』) は、この時のものである。

ヨーロッパのロマネスク教会と、ステンドグラスを取材するため、約一ヶ月間、パリからピレネーを越えて、スペインのサンチャゴ・デ・コンポステラまで、サンチャゴ巡礼コースを自動車で旅行したのは、七六年六月であった。パリ、ヴェズレー、ジェルミニ・デ・プレ、アゼー・ル・リドー、キュノー、ポワティエ、メール、オーネ、サント、アングレーム、ソリニヤックをまわる「始点—風」（平凡社カラー新書『ヨーロッパ古寺巡礼』76・10・8）、ペリグーのホテルの葡萄棚の下の食堂での話「馴鹿の骨」（『藝術新潮』77・2）、モワサック、オロロン・サント・マリー、ハーカ、プエンテ・ラ・レーナ、エステラ、デマンダ山脈、サント・ドミンゴ・デ・シロス、クラビーホ、フロミスタ、サーグンをまわる「二組の巡礼—復元と崩壊」（平凡社カラー新書『ヨーロッパ古寺巡礼』）、レオン大聖堂のステンドグラスを書いた「燃えるいばら」（平凡社カラー新書『ステンドグラス』77・12・8）、ピエドラフタ峠、ルーゴ、サンチャゴ・デ・コンポステラをまわる「健脚の想い出—さいはての大聖堂」（平凡社カラー新書『ヨーロッパ古寺巡礼』）、パリで買ったバッハのテープで自動車旅行を楽しむ「旅の中のバッハ」（『ちくま』78・3）、シャルトル大聖堂のステンドグラスを書いた「なだれる虹」（平凡社カラー新書『ステンドグラス』）は、この時のものである。

ソ連作家同盟の招待により、日本文芸家協会より派遣されソビエト旅行をしたのは、七三年一〇月二〇日から一三日間であった。横浜港をソビエト船ハバロフスク号で出発。荒れる海上をナホトカへ向かう船中のバーの情景を書いた「すばらしい退屈」（『読売新聞』75・

11・17)、シベリヤの大平原を行く列車の中で、チェーホフやトルストイの作品に書かれた列車に思いを馳せる「列車」(『文藝』74・2)、モスクワ大学日本語科の学生で案内役のボロジミール・ベスドノフという青年を書いた「学生通訳」(『読売新聞』73・11・29「ソビエトの学生通訳」)、イコンの色彩と、南フランスの修道院で買った匂い袋によって、宗教世界を考える「色と香り」(『サンケイ新聞』75・9・12)などは、この時の旅行によるものである。

七八年一〇月五日から一一月一〇日までの三五日間、小説「エル・キーフの傷」等の取材のためアフリカ旅行。サハラ砂漠を自動車で横断。「サハラの港、砂の海を忘れて」(『静岡新聞』79・1・3)、「コーラン―言葉に仕える音楽・絵」(『東京新聞』79・1・10〜11)、「カサブランカの不良」(『PLAYBOY』79・6)、「旅の中のバッハ」(『音楽の手帳』79・10)、「モロッコ紀行・アトラスを越えて」(『旅』79・11)、「モロッコ・ノートの一ページ」(『文藝』80・1)などは、この時のものである。

八三年三月末日から四月上旬にかけて一〇日間、小説「荒野のダビデ」等の取材のためイスラエル旅行。「緑の地―エリコ」（『静岡新聞』83・6・25）は、この時のものである。

八五年三月一五日から二九日までの一五日間、イスラエルへ聖書共同訳記念旅行。「キリストの生涯」（『福音と世界』85・7から12回連載）。

九四年八月二三日から九月五日までの一四日間、NHK衛星第二「世界・わが心の旅―スペイン―ふたたびの巡礼旅人」の取材とビデオ収録のためスペイン旅行。一〇月三〇日、〈神なき現代、形骸化した《聖なるもの》に新たな命を吹き込む作家が、魂の源を思索する〉として放映。

九五年二月一七日から三月一五日までの二七日間、NHK教育テレビ・人間大学「イエス・キリスト―その生と死と復活」の取材とビデオ収録のためイスラエル旅行。四月三日から六月一九日まで一二回放映。

川や河口は小川の内部に、街道につながるイメージを喚起するなにかがあるようだ。故郷藤枝の街道と、その街道を十字架の支柱のように横切って海へ向かう、大井川河口を舞台に書いた作品は多くある。

死の観念を孕む旅と街道について考える「藤枝宿」（『太陽』71・1「まぼろしの藤枝宿」）、大井川とローヌ川に想いを馳せる「二つの河口」（『波』74・10）、地球の溝、或いは、夢と怖れを秘めたもの、という二様の眺めとして描かれる「大井川の現在」（『静鉄だより』76・9・1「静岡散歩のすすめ」）、天人飛来伝説、謡曲「羽衣」につながる大井川河口の松について書いた「御座松」（『サンケイ新聞』75・3・23「静岡県榛原町の御座松」）などは、旅の影を宿してたたずむ故郷の姿である。

静岡に住む友人と西伊豆の土肥へ避暑旅行をしたのは、六七年八月であった。「西伊豆の夏」（『静岡新聞』67・8・14）は、この時のものである。「無文禅師」（『サンケイ新聞』76・3・7「方広寺の石垣」）は、遠江奥山方広寺の開山。この頃、ここを訪れて書いた。

山口、津和野、益田を旅したのは、七五年三月一九日から三日間であった。「二月の雪舟庭」（『旅』75・5）は、この時のものである。

長野県富士見町にある小川家の山荘から、N（丹羽正）への書簡の形で、芥川龍之介に関わるエッセイをしたためたのは、七七年七月一〇日だった。「富士見にて」（『図書』77・

8）がそれである。
函館、松前、江差をまわる北海道旅行をしたのは、七四年四月二〇日から四日間であった。「渡島半島」（『旅』74・6「トラピスト」）は、この時のものである。

「北海道の友へ」（『北方文芸』50号、72・3・1「文学の風土性」）は、六一、二年頃、父の事業所の仕事で北海道へ行った時のことを、手紙の形で書いたものである。

天草下島に三泊四日の旅をしたのは、七三年三月であった。土地の人々の風景の中に、今も残っている残忍な愛を書いた「天草灘」（『旅』73・4と、『週刊読書人』73・4・9～74・5・20「作家ノート・内と外の流れ」）、うらぶれたものが美しく見える、自然が演出した光の効果について書いた「予期しない照明」（『読売新聞』75・10・20）、北原白秋、与謝野寛、吉井勇などが泊まった天草灘にのぞむ大江港の宿で雨に降り込められた一日を書いた「大江港高砂屋」（『週刊読書人』77・12・5）などは、この時のものである。

ヨーロッパ放浪地図

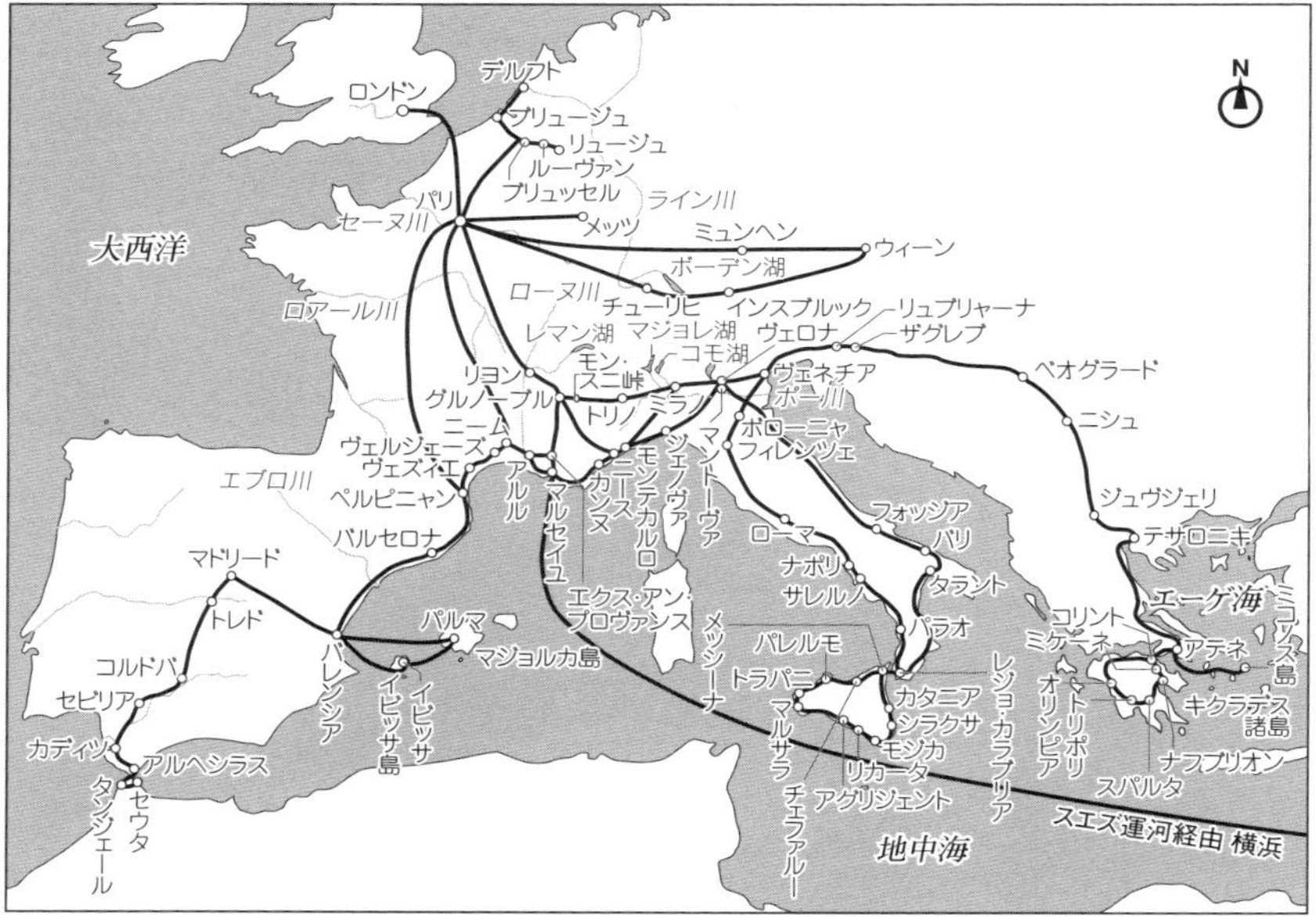

N
大西洋
地中海
エーゲ海
ロンドン
デルフト
ブリュージュ
リュージュ
ルーヴァン
ブリュッセル
パリ
セーヌ川
ライン川
メッツ
ミュンヘン
ウィーン
ボーデン湖
ローヌ川
ロアール川
チューリヒ
インスブルック
リュブリャーナ
ザグレブ
レマン湖
マジョレ湖
コモ湖
ヴェロナ
モン・スニ峠
リヨン
グルノーブル
トリノ
ミラノ
ヴェネチア
ポー川
ベオグラード
ニシュ
ニーム
ヴェルジェーズ
ヴェズイエ
アルル
マルセイユ
ニース
カンヌ
モンテカルロ
ジェノヴァ
マントーヴァ
ボローニャ
フィレンツェ
エブロ川
ペルピニャン
バルセロナ
エクス・アン・プロヴァンス
ローマ
ナポリ
サレルノ
フォッジア
バリ
タラント
パラオ
ジュヴジェリ
テサロニキ
マドリード
トレド
パルマ
マジョルカ島
バレンシア
イビッサ
イビッサ島
コルドバ
セビリア
カディツ
アルヘシラス
セウタ
タンジェール
メッシーナ
パレルモ
トラパニ
マルサラ
チェファルー
リカータ
アグリジェント
モジカ
シラクサ
カタニア
レジョ・カラブリア
コリント
ミケーネ
オリンピア
トリポリ
アテネ
ミコノス島
キクラデス諸島
ナフプリオン
スパルタ
スエズ運河経由 横浜

サンチャゴ巡礼路と主な巡礼地

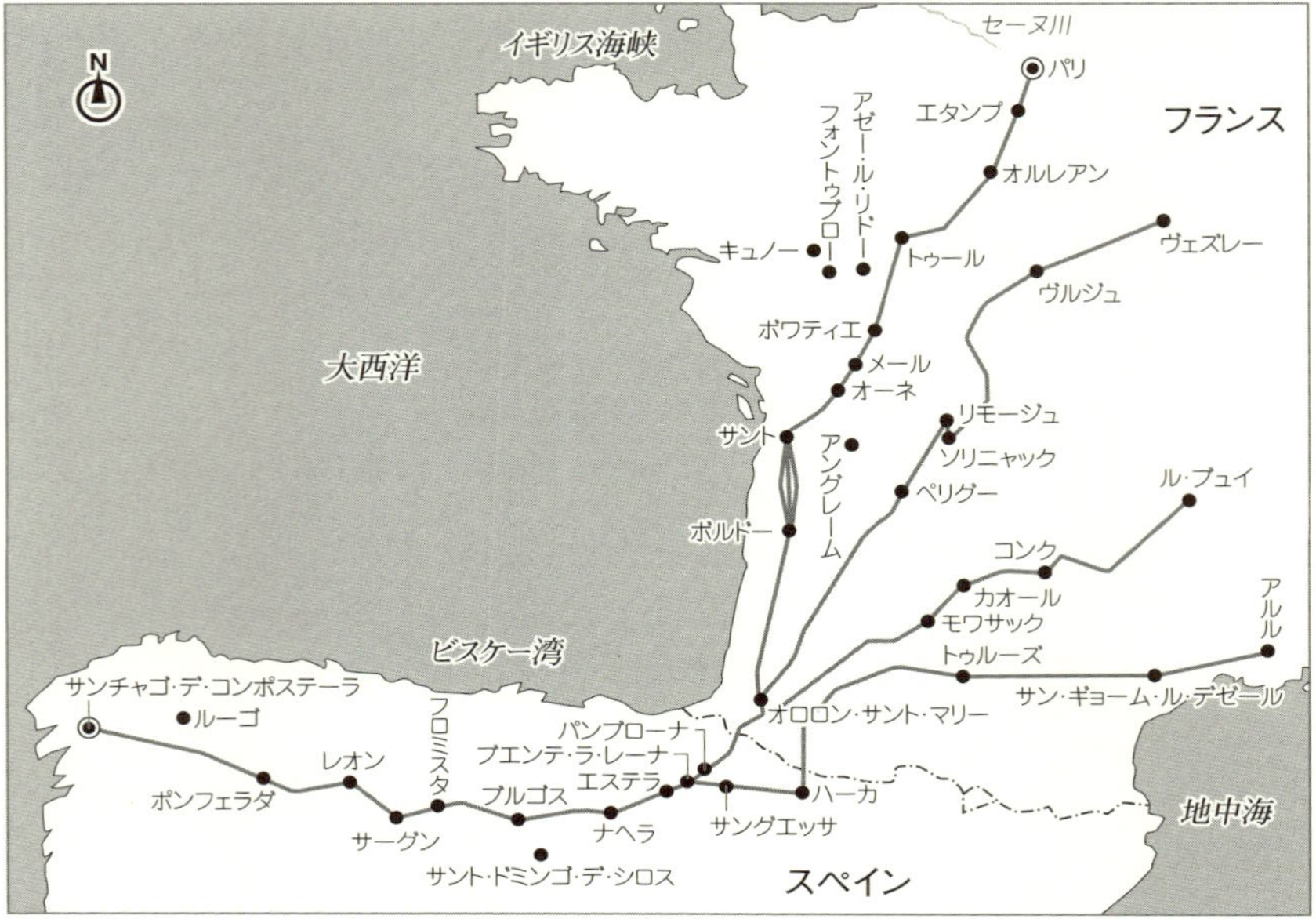

小川国夫略年譜

一九二七年　一二月二一日、静岡県志太郡藤枝町（現、藤枝市）生まれ。家は製紙原料などを扱う商店。

一九三五年　商家の嫁の立場や土地の因習に悩む母につれられ、尼寺、メソジスト教会、カトリック教会へ。

一九三六年　再臨派教会の土曜学校に参加。

一九三八年　肺結核に腹膜炎を併発、一時重態に。

一九四四年　学徒動員で、用宗海岸の小柳造船所に通う。

一九四七年　カトリックの洗礼を受ける。霊名アウグスチノ。

一九五〇年　東京大学文学部国文科入学。西鶴専攻。

一九五三年　「東海のほとり」を『近代文學』に発表。同年休学し、ソルボンヌ大学に留学。

一九五四年　「動員時代」を『近代文學』に発表。同年、グルノーブル大学に移籍。スペイン、北アフリカへ単車Vespa250ccで旅行。

一九五五年　イタリアとギリシャへ、各四〇日間の単車旅行。

一九五六年　帰国。大学へは復学せず、創作活動に入る。
一九五七年　「アポロンの島と八つの短篇」を『青銅時代』に発表、私家版『アポロンの島』を刊行。以降、執筆を続ける。
一九八六年　「逸民」で川端康成文学賞受賞。
一九九四年　『悲しみの港』で伊藤整文学賞受賞。
一九九九年　『ハシッシ・ギャング』で読売文学賞受賞
二〇〇〇年　日本芸術院賞受賞。
二〇〇五年　日本芸術院会員に推挙される。
二〇〇六年　旭日中綬章受章。
二〇〇八年　四月八日、肺炎のため永眠。

あとがき

一九六八年以降、小川国夫年譜の制作や評伝執筆をしながら、小川さんの作品は発表されるつど読んできた。生活のなかに小川文学が入り込んでいたともいえる。だからだと思うが、昨年四月、小川さんが亡くなられた後、しばらく虚脱状態に陥った。何もしない、何も読まない夏が過ぎ、秋になり、すると、何があったというのでもなかったが、或る日ふっと、あらためて小川文学を読み返してみよう、という気持ちになった。

そんな折、静岡新聞社文化部長の志賀雄二氏から、小川さんはどのような文学をやろうとして作家を志したのか、その出発時の位置は日本文学史上どのあたりといえるのか、ということを含め〈小川国夫文学の背景〉を書いてみないか、と水をむけられた。確かに、それは書いておく必要があるだろうと考え、連載の場を用意して頂いた。

小川さんは、近・現代文学の源流へ戻って、そこを起点に本来文学が負わなければならない真の方向性を見出そうとした、というのが私の小川文学観である。そこで存在の違和感から立ちあらわれる人間の不可解なありようを、聖書と、自身の内奥に眼をこらすことで見極めようとしたのだ。そしてその作品には、独自の感性によって絵画や詩や映画の言語がとりこまれて行った。

ここに収録したのは、その三二回の連載分と、前回の『静岡の作家群像』連載時に、最後に付しながら新書には未収録だった追悼文、そして、これまで雑誌等に書いたものの中から、主として小川文学の〈描写〉について書いたもの、それに地中海沿岸単車旅行等の旅に明け暮れた、滞欧時代を中心とする全紀行の解題と放浪地図である。

この本が、これから小川文学を読もうとする人の同伴の書のようなものになってくれたらと思う。そういう願いを込めて、作品と読者をつなぐエレメントとなり得ることを希求し、〈小川国夫を読む〉という行為をタイトルにした。

新書にするにあたっては『静岡の作家群像』同様に、今回も出版部部長の袴田昭彦氏にお世話になりました。氏と志賀雄二氏、並びに編集担当の植木友美さんに御礼申し上げます。

二〇〇九年一〇月一〇日

著　者

初出一覧　＊（　）内は原題

小川国夫を読みつづける理由	「藤枝文学舎ニュース」	二〇〇二年	七月　一日
作品と背景（小川国夫文学の背景）			
虹よ消えるな	「静岡新聞」朝刊	二〇〇九年	一月一二日
省略について	同	二〇〇九年	一月一九日
人物と抱き合う	同	二〇〇九年	一月二六日
祖母と母	同	二〇〇九年	二月　二日
ベッセージュ	同	二〇〇九年	二月一六日
孤独の部屋	同	二〇〇九年	二月二三日
南仏の恵み	同	二〇〇九年	三月　二日
単車事故	同	二〇〇九年	三月　九日
のたくる蛸	同	二〇〇九年	三月一六日
スペインの魔風	同	二〇〇九年	三月二三日
日本脱出	同	二〇〇九年	三月三〇日
単車旅行から	同	二〇〇九年	四月　六日

作家への決意	同	二〇〇九年　四月二〇日
境越え	同	二〇〇九年　四月二七日
志賀直哉Ⅰ	同	二〇〇九年　五月　四日
志賀直哉Ⅱ	同	二〇〇九年　五月一一日
小川文学の原点（方向性と原点）	同	二〇〇九年　五月一八日
描写に絵画や映画の言語Ⅰ	同	二〇〇九年　五月二五日
描写に絵画や映画の言語Ⅱ	同	二〇〇九年　六月　一日
『悲しみの港』	同	二〇〇九年　六月　八日
純粋精神	同	二〇〇九年　六月二二日
高等遊民（苦節時代）	同	二〇〇九年　六月二九日
暴力を要素とする世界		書き下ろし
『遠つ海の物語』	同	二〇〇九年　七月　六日
夢と現実	同	二〇〇九年　七月一三日
「葦枯れて」	同	二〇〇九年　七月二〇日
『イエス・キリストの生涯を読む』	同	二〇〇九年　七月二七日

聖書借景の作品（聖書をモデルに）	同	二〇〇九年 八月 三日
言葉に関しては意識的生徒（意識的生徒）	同	二〇〇九年 八月一〇日
肉親観（半自伝的小説）	同	二〇〇九年 九月 七日
友人	同	二〇〇九年 九月一四日
亡き母の囁き	同	二〇〇九年 九月二一日
幻の『小川国夫との対話』（幻の対話）	同	二〇〇九年 九月二八日
『夕波帖』考		
想像力と暗示力	「藤枝文学舎ニュース」	二〇〇七年 四月 一日
思い出すこと	同	二〇〇七年 七月 一日
感覚表現への開眼	同	二〇〇七年 一〇月一日
感覚表現と利己主義	同	二〇〇八年 一月一五日
実体として位置づけるもの	同	二〇〇八年 四月 一日
解纜の精神		
現代性について	「文芸静岡」	二〇〇〇年一〇月二五日
照応	「風信」	二〇〇一年 五月二四日

書評

『夕波帖』　「静岡新聞」朝刊　二〇〇七年　一月　七日

『黙っているお袋』　同　一九九五年　七月二三日

『リラの頃、カサブランカへ』（花と文学）　同　二〇〇四年　四月二五日

小川教室の学生たち　「静岡新聞」朝刊　二〇〇〇年　一一月六日

限定本『闇の人』の周辺　「風信」　一九九四年　五月二八日

崖裾の傾斜をのぼる少年　「藤枝文学舎ニュース」　二〇〇八年　七月　一日

「幾波・三部作」について　「藤枝文学舎ニュース」　二〇〇三年　一〇月一日

追悼小川国夫

愛の教え（あの人に食べさせたい）　「静岡新聞」夕刊　二〇〇八年　四月二六日

人間らしく生きる（人間に大切なのは人間性）　同　二〇〇八年　五月一〇日

文学の原点はマザータング　同　二〇〇八年　五月一七日

本多秋五の手紙（本多秋五絶賛『悲しみの港』）　同　二〇〇八年　五月二四日

故郷を目指す旅人（精神の故郷を目指す一人旅）　同　二〇〇八年　五月三一日

初出一覧

全紀行

解題Ⅰ　『なだれる虹』　一九八〇年　五月二六日

解題Ⅱ　『予期しない証明』　一九八〇年　六月三〇日

山本恵一郎（やまもと・けいいちろう）
1937年（昭和12年）、静岡県下田市生まれ。68年（昭和43年）小川国夫と初めて会い、以降年譜制作をはじめ、評伝を執筆。著書に『東海のほとり（評伝小川国夫第一部）』（麥書房）、『海の声（評伝小川国夫第二部）』（青銅会）、『若き小川国夫』（小沢書店）、『年譜制作者』（小沢書店）、『静岡の作家群像』（静岡新聞社）、作品に「お夏ヶ浜」「あひる達の行進」「港の詩」ほか。

小川国夫を読む

静新新書　034

2009年10月26日初版発行

著　者／山本　恵一郎
発行者／松井　純
発行所／静岡新聞社
〒422-8033　静岡市駿河区登呂3-1-1
電話　054-284-1666

印刷・製本　図書印刷

・定価はカバーに表示してあります
・落丁本、乱丁本はお取替えいたします

ISBN978-4-7838-0357-7 C1295